ひとり吹奏楽部

ハルチカ番外篇

初野 晴

角川文庫
19720

目次

主な登場人物

吹奏楽部メンバー

檜山界雄《ひやまかいゆう》……清水南《しみずみなみ》高校一年生。吹奏楽部の打楽器奏者。あだ名はカイユ。事情があってコミュニティFMのパーソナリティをしていた。

後藤朱里《ごとうあかり》……一年生。同級生の部員たちを牽引《けんいん》する元気娘。バストロンボーン奏者。

芹澤直子《せりざわなおこ》……二年生。クラリネットのプロ奏者を目指す生徒。二年生の秋に吹奏楽部へ入部。カイユとは幼なじみ。

片桐圭介《かたぎりけいすけ》……三年生。元部長。トランペット奏者。自分勝手でくせ者揃いの吹奏楽部員をまとめた苦労人。

マレン・セイ……二年生。中国系アメリカ人。アルトサックス奏者。現部長。吹奏楽部では一番の常識人。

成島美代子《なるしまみよこ》……二年生。オーボエ奏者。現副部長。吹奏楽部では二番目の常識人だが、左記の穂村や上条に毒されつつある。

穂村千夏《ほむらチカ》……二年生。フルート奏者。元女子バレーボール部。春太との複雑な三角関係に悩んでいる。

上条春太《かみじょうハルタ》……二年生。千夏の幼なじみ。ホルン奏者。完璧《かんぺき》な外見と明晰《めいせき》な頭脳の持ち主だが……。

草壁信二郎《くさかべしんじろう》……音楽教師。吹奏楽部顧問。謎多き二十七歳。

清水南高生徒、その他

名越俊也《なごえしゅんや》……二年生。演劇部の部長。過去、マレンを取り合って吹奏楽部と即興劇勝負をしたことがある。ブラックリスト十傑の一人。※1

麻生美里《あそうみさと》……二年生。地学研究会の部長。カイユの復学に関与。

DJサダキチ……カイユがパーソナリティのコミュニティFM番組にゲスト出演する老人。

DJヨネ……右に同じ。物腰穏やか。

DJスケキヨ……右に同じ。すこし呆け気味。

※1　詳細エピソードは角川文庫『千年ジュリエット』参照

ポチ犯科帳

――檜山界雄×後藤朱里――

犬はひとを非日常に連れ出す。下校途中、道の角からけたたましい犬の鳴き声が響いた。普段は通らない路地裏だったこともあり、はっと首をまわした僕は、「界雄《かいゆう》くん?」と顔見知りのおばさんに呼びとめられる。時刻は午後七時過ぎ。街の喧騒《けんそう》がじょじょに沈黙に変わるはずだった時刻。九月も折り返しに差しかかって、これでも部活が早く終わったほうなので家路を急いでいた。

「平蔵《へいぞう》ったら界雄くんのことが大好きなのよねえ」

平蔵とはおばさんが胸に抱く犬の名前だ。チワワとトイプードルのミックスで、廃業したペットショップから引き取った犬だという。おばさんの足下には他に犬が四匹、リードにつながれている。

僕は薄暗くても目立つんだな、と後ろで結わいた長髪を意識した。

「こんな時間に犬の散歩ですか?」

「めずらしくないわよ。地面が冷えてくる、いま頃がちょうどいいし」

「へえ……」

もしかしたら犬はもともと夜行性かもしれない。

「一日二回の散歩に付き合うのが、健康の秘訣《ひけつ》だしね」

「ウォーキング?」

「そうそう。あ、でも、今日はいつもより遅くなっちゃったのよ」

まずい。このひとの話は長いんだったなあ……。密《ひそ》かにため息をついたそばから、おばさんはお喋《しゃべ》りをはじめる。おばさんは僕の家のお寺の檀家《だんか》さんで、街の図書館仲間でもあった。カウンターで池波正太郎《いけなみしょうたろう》の『鬼平犯科帳《おにへい》』をまとめ借りする高校生を見たときは本当に驚いたわよ、とはおばさんの弁で、会えばたわいもない会話を交わす仲になっていた。僕もおばさんと同じで鬼平は原作派だ。

とはいっても、僕はおばさんのことを名字でしか知らない。あと、次から次へと犬を拾ってきては面倒をみているすこし変わったひとだ。現におばさんの足下では四匹の雑種犬——おまさ、お千代《ちよ》、おさわ、お豊《とよ》が、尻尾《しっぽ》をふりながら上機嫌で僕を見上げている。

おばさんは飼い犬に鬼平の登場人物の名前をつけるほどのファンなのだ。先住犬であり推定十二歳の平蔵をのぞいて、なぜか他の四匹は女盗賊の名前から取っている。おまさだけは盗賊稼業から足を洗った「狗《いぬ》」と呼ばれる密偵だけど、目の前で尻尾をふるおまさも「犬」だ。

「ね。平蔵ったら普段はおとなしいのに、あの女の前だと吠《ほ》えたり唸《うな》ったりするのよ。

困ったわねえ。ほら、界雄くんだとだいじょうぶなのにねえ」

さっきからおばさんは「あの女」をしきりに強調していた。今日のお喋りの中で、たびたび登場するワードなので気になった。

僕は平蔵の頭を撫《な》でて、「あの女？」と聞いてみる。

するとおばさんは、釣り針のエサに魚が食らいつくのを待っていたかのようにカッと見開いた目で僕の視線を受けとめた。あれ？　なにかまずいスイッチが入っちゃった？　おばさんの声は親しみあふれる調子から毒気あふれる調子へと滑りこんでいく。

おばさんには今年三十七歳になるひとり息子がいるのだという。生真面目で内向的な性格らしく、実家暮らしをしていて、その彼が急に、結婚を前提に付き合っている女性を頻繁に家に連れてくるようになった。「あの女」呼ばわりするということは、おばさんと馬が合わないようだ。むしろ嫌いなんだろうな、とさえ思う。

どうしておばさんは高校生の僕に家の事情をぺらぺらと喋るのか？

僕は物心ついた頃から親父とふたり暮らしで、「おまえには母さんがいない。だから雑談の名手をめざせ」といわれて育った。中高年はいつの時代も、子供や若者が話しかけてくるのを待っている、というのが親父の持論だ。おかげで檀家から可愛がられるようになったけど、こうして長話にひたすらつき合わされる羽目にもなっていた。

おばさんはごくっと喉《のど》を震わせる仕草を見せて、「む、むむむ……」

「む？」

「息子は……あの女に騙《だま》されているのよ」

「だ、騙されている？」

「ええ、そう」

「やだなあ。物騒なことをいわないでくださいよ」

僕は顔の前で手を横にふり、これまでおばさんから聞いてきた数々の話を思い出す。確かおばさんが住む家のまわりは、ショッピングモールができる予定だかなんたらで、土地買収が進められている。おばさんはどんなにいい条件を出されても、まだ立ち退《の》きに応じていない。この「まだ」というところがポイントで、近い将来、お金持ちになる気がした。

「あの女は信用できないって、平蔵にはなにか感じるところがあるみたいなのよ。人間では見抜けないことを、犬ならわかっちゃうのかしらね」

平蔵は大きな欠伸《あくび》をしていた。犬の欠伸。はじめて見た。

「それで吠えたり唸ったりするんですか？」

「もう、敵意剝《む》き出しで。不思議でしょうがないくらいに」

「へえ」

僕は小声で調子を合わせる。

欠伸をしたあとの平蔵は、飼い主であるおばさんのほうに首をまわし、ウウウ……と機嫌が悪そうに唸りはじめた。これ、どう説明するんです？

「ほら、ほら。あの女の顔が忘れられなくて、こうして教えてくれるのよ」

息子の彼女には本当に悪いけど、会ったこともないし、これから会うこともないだろうから、おばさんの味方につくことにした。

「すごいですね」

「でしょ？　平蔵の直感はだれよりも信用できるんだから」

おばさんの頬に横皺《じわ》が寄った。僕はさりげなく腕時計に視線を落とし、時間が気になる素振りを見せる。「あら」とおばさんはようやく察した顔をして、「引き留めちゃってごめんなさいね」といった。僕はぺこりと頭を下げ、鵜《う》飼《か》いみたいに犬のリードを引っ張るおばさんと別れて家路を急ぐ。

犬は賢い動物かもしれないけど、おばさんの家の地価が上がっていることや、息子の彼女が財産目当て、もしくは、地上げ屋の女スパイではないかということを悟れるはずも見抜けるはずもない。

じゃあなんで吠えるようになったんだろう？

つまるところ、鋭い推理力と観察眼を持つ火付盗賊改方《ひつけとうぞくあらためかた》、鬼の平蔵の目は欺けないっていうことか。そう思った途端におかしな笑いが込みあげてきた。

おばさんもたぶん、鬼平に引っかけて面白がっているだけに違いないな。

1

翌日の放課後。檜山《ひやま》界雄――カイユは音楽準備室でティンパニのチューニングをしていた。授業中、滅多に使われることのないこの部屋は、ガラス越しに射しこむ陽の光の筋が浮遊する埃《ほこり》を反射し、細かく裂けて絡み合い、濃縮した金色の渦になって輝いている。

今日も部室の一番乗りを穂村《ほむら》に越された。二学期がはじまってからずっと負けっ放しで、彼女のやる気だけは見習わなければならない。朝練は遅刻なし、それに加えて週末は五キロのジョギングを決行しているらしく、なにがあっても前のめりで倒れたいと願っている様子だ。勉強しろよ。もっと恋をしろよ。もう彼女の目には松岡修造《まつおかしゅうぞう》や照英《しょうえい》の背中が間近に迫っているんじゃないかと思う。

雑念に迷いこみそうになったカイユは首をふった。おそらくいま頃、部室に部員が集まりはじめている。みんなと得られる一体感より、ひとりのほうが気楽な場合もある。集団の中での孤立はキツいけど、孤独であることはときに必要だ。

ここで授業をさぼった部外者が打楽器で乱暴に遊んだようで、やれやれと思いながら調整し直す。ペダルを踵《かかと》側に戻し、マニュアル通りに対角線上にボルトを均等に締めても、それで音程がピタッと合うことはまずない。奏者の耳による臨機応変な調整が必要だった。ドンと一発打って音取りをし、音が合ったら今度は叩《たた》きつづけてチューナーを確認する。とくに芹澤《せりざわ》が入部してからは、ティンパニは管楽器と同じ有音程楽器なので、ピッチが狂うと顧問の草壁《くさかべ》先生より先に彼女から指摘されてしまう。

音楽準備室の引き戸がすこし開いて、「カイユ、いい？」と小柄な女子部員が顔をのぞかせた。左右に分けたおさげの髪が揺れる。後藤朱里《ごとうあかり》。カイユの同級生で、バストロンボーン奏者だ。なにかあると先頭に立って一年生部員を動かしている。元気があって明るくて、悪い評判は聞かないが、一年留年している彼は輪の中に入りにくいというか、すこし苦手意識があった。

「ごめん。いまちょっと忙しい」

「私の中で、『ちょっと』と『忙しい』は両立しませんが」

「忙しいんだ」

後藤は音楽準備室の中にするりと身体を滑りこませ、前を向いたままカニのような横歩きで引き戸を閉める。カイユは嫌な予感を抱くが、かまわずチューニングを続行した。彼女は屈《かが》んで、ティンパニのヘッドに顔を近づける。おさげの髪が書道のときの筆の穂先のようにぺたんと触れ、さっそく邪魔になった。

「念入りにチューニングしても、曲になるとき音が合わなくなるときってあるんですよね」身も蓋《ふた》もないことをいう彼女はあちこち眺めて、「やだ。チューニング・ボルトが全部錆《さ》びてるじゃん」

「ああ……」

「カイユは忙しいんだもんね。錆《さび》とってグリスさしてあげようか？」

気味の悪いものを見るような目でカイユは後藤を眺める。「いいよ、別に」

「遠慮しないで。学校のトイレの備品のサンポール漬けにすればバッチリですから」

「そんな豆知識、どこで」

「部費を一円たりとも無駄にしたくない上条《かみじょう》先輩です」

「遠慮しとくよ」

「えー、どーしてですかー、錆びたままなんて信じられなーい」

後藤がリズムよく歌うようにいうので、カイユはマレットでヘッドを軽く一発打つ。

「ボルトに下手に油さすと、かえって演奏中にゆるんじゃうかもしれないだろ。すこし錆びてきたあたりが調子いいんだ」

「へえ、そうなんだ」

「用がないなら部室《あっち》に」

「えー、どーしてですかー、ここはみんなの音楽準備室ですよー」

その通りなのでカイユは辛抱強くチューニングをつづける。鳴らすだけでなく音の消え足も確認し、それからシンバルとシロフォンの手入れに取りかかった。定期的にクロスで拭《ふ》きあげることで良い状態を保てる。本当は部活が終わってからゆっくりやりたいけど、校舎にいつまでも居残ると顧問の草壁先生に迷惑がかかってしまう。朝と昼は自主練があるし、こういうことは時間のあるときにやらなければならない。

そばで後藤がうろちょろして眺めていた。やがてぽつりと声をこぼす。

「大事にするんですね……」

なにをいまさら。「後藤だって楽器を大事にするだろ」

「うん。いや、でも、私たちよりずっと、というか」

カイユは吐息で肩を揺らした。どうこたえようか迷う。

「叩くっていうのは、長い目で見れば楽器を削り取っていくというか、壊すことに近いんだよ。だから他のパートより愛情をもって接したいんだけど」

困るのはティンパニやスネアドラムのヘッドだった。フィルムが伸びてしまい、音色が悪くなったり低音の伸びがなくなったら交換時期になる。吹奏楽部の楽器の中では費用負担をかけてしまうほうだ。

「へえ」

「こんなところで時間を潰《つぶ》していていいの？」

後藤は本来の目的を思い出した素振りではっとし、いいにくそうに身をよじらせる。

「え……あの……その……相談がありまして。ていうか、これはもう悩みに近くて」

カイユは片眉《かたまゆ》を上げ、顔を向けた。どうしたんだろう。彼女らしくない。

「悩みって部活のこと？　まさか人間関係とか？」

「いいえ。微塵《みじん》も関係ありません」

「ここの部員って、そんなひとたちばかりだよね……」

南高吹奏楽部は去年まで廃部寸前だったため、先輩後輩の厳しい上下関係や規律が他校ほどない。学年の順位を最大の掟《おきて》とし、秩序と安定をつくって活動しているわけではないのだ。上条と穂村という破天荒な人物がいなかったら出会うことのなかった部員が集まっている。そういう意味で、他校の吹奏楽部とは人間模様が違った。

「……相談に乗ってくれます？」

後藤がいい、カイユは露骨に顔を顰《しか》める。

「後藤なら相談に乗ってくれるひとが大勢いるでしょ」

「全滅です」

どこの紛争地域だ。言葉が飛躍しすぎて戸惑ったが、頼れるひと全員に断られたということで理解した。

「で、仕方がないから僕に？」

カイユがマレットで自分を指すと、いえいえ、と後藤は首をふった。

「仕方がないだなんて……。あのですね、私にとってカイユは切り札なんですよ」

「切り札？　いままで一度も頼りにされたことないんだけど」

最後まで聞いていない後藤は音楽準備室の奥の窓に移動し、グラウンドの方向を眺める。窓にうっすらと映る彼女の表情が引き締まり、ぐいと顎《あご》を上げていった。

「実は、話すと長くなるんです」

「長くなるならいいよ」

「じゃあ最初と真ん中を端折《はしょ》ります。四の五のいわずに、犬、飼ってください」

「ちょっと待って」思わず高い声が出てしまい、カイユはあやうくマレットを落としかける。「いま、すごいこといわなかった？　犬？　飼う？　なんで？」

ふり向いた後藤は両の手を握りしめ、声を荒らげた。

「だから話すと長くなるっていったじゃないですかっ」

なんでそこでキレるんだろう。ついでに、四の五のいわずに、は余分だ。カイユが密《ひそ》かに暴走小動物と名づけた彼女の性格の片鱗《へんりん》が出つつある。

ふたりは同時に壁掛け時計をちらっと見た。まもなく練習がはじまる時刻なので、ここに部員がおとずれる。

「そういえば今日もメニューに倍音練習があったね」

カイユはいった。コンクールにおいて中編成が大編成に勝ったため、九月に入ってから倍音練習にも力を入れている。練習法のひとつとして、草壁先生がわざわざ借りてきてくれたハーモニーディレクターで純正律の和音を鳴らし、バスクラリネットをはじめとする低音部から高音部の楽器へと音を重ねていく。

話を逸《そ》らされた後藤は瞬《まばた》きをパチパチとくり返して、「あの借りものでしたら、昨日、一階の鍵《かぎ》付きロッカーにしまいましたから、運ぶのは一年生の仕事ですよ」

「ふたりでやろうか」

意図を察した彼女はこくりとうなずいた。

2

私には、小学一年生になるかわいい弟がいまして……

私が東海《とうかい》大会にかまけている間に、とんでもないことになっていたんです……

ハーモニーディレクターを提げて歩くカイユは、まわりの目を気にして空き教室に入った。折り畳みスタンドを持つ後藤もついてくる。

話を要約すると、彼女の歳の離れた弟が夏休みの間、友だちと一緒に野良犬を拾ってきて小学校の敷地内でこっそり飼っていたという。それが夏休み明けにすぐバレて問題になった。

「いまどき野良犬なんてめずらしいね」

椅子に座ったカイユは口を開く。クラスにいるペン画部の部員から聞いた話だと、自転車のふたり乗りと、野良犬を可愛がるシーンは、もう漫画で描けないらしい。とくに後者は現代では街から消えているし、彼はここ数年見ていない。保健所のひとがあっという間に回収するからだ。そういう意味で、高橋よしひろの銀牙《ぎんが》伝説シリーズは我が道を突き進んでいると思う。

後藤も椅子に腰かけた。「それがコーギーの捨て犬なんですよ。まだ小さくて」

「まじで？」

「まじです。弟がいうには、奇跡的に生き延びていたそうなんです」

カイユは想像する。コーギーなんて、ぱっと見、野良犬に見えないから通報されないのだろう。下校中の小学生から給食の残りをもらっていたが、夏休みがおとずれたことで餌が途絶えてしまい、衰弱していたところを後藤の弟たちが発見した……

彼女に確認すると、おおむねその通りだった。

「それで？」

「代表して、私の弟がいったん引き取る形になりまして」

「立派だよ。大人にまかせて保健所に突き出さないだけマシだ」

後藤は身を乗り出した。「弟を誉《ほ》めてくれるんですか？」

「やさしく育っているんじゃない？」

いやあ、それほどでも、となぜか後藤が照れている。いい子なんですよ、ほんと、自慢の弟なんですよ。

お愛想でうなずくカイユは、そろそろ時間を気にした。

「で、どこが、どう、とんでもないの？」

「私のお父さん、犬がまったく駄目なんです」

後藤が真顔に戻っていい、その意味がすぐ呑《の》みこめず、カイユは眉を顰《ひそ》める。

「駄目って？」

「犬嫌い。苦手とかじゃなくて」

「まったく駄目なひとって、世の中にいるんだ？」

にわかに信じがたかった。犬嫌いで飛びあがるのは、以前漫画喫茶で読んだ、未亡人の管理人さんを好きなテニスコーチのイケメンキャラクターくらいしか知らない。その彼でさえ克服したのに。

「私もつい最近知ったんです。甘くみていました。お父さん、若い頃に外まわりの仕事をしたことがあって、犬がいる家は怖くてしようがなかったみたいなんです」

「それ笑うところ？」

「笑ったらその顔引っ掻《か》きますよ」

冗談じゃないので、カイユは親指の腹を顎にあてて考える。そういえばどこかで似たような出来事を見聞きした覚えがあったような……。思い出した。去年、学校に行かなかった時期、新聞だけはマメに読んでいた。郵便配達員の懲戒なんたら――という記事だ。とある家の玄関先の犬が怖くて、半年近く郵便を配達せず、それどころか破棄していた事件。後藤のいう通りかもしれない。世の中には自分たちの常識で測れない少数派がいる。彼らの訴えは、多数派の偏見に対して分が悪い。

「でもさ」カイユは首を曲げて、上に目をやった。「もう弟は引き取ったんだよね。これから一緒に過ごすわけなんだから、お父さんの犬嫌いは時間が解決してくれるんじゃないの？」

「最初はそう呑気《のんき》に構えていました。お父さん、弟のために我慢していますけど、日に日にやつれて、食事も喉《のど》を通らなくなって、昨日なんか体調不良で仕事を休んじゃって……」

「重症だ」

「はい。後藤家は限界なんです」

「学校の敷地で一緒に飼っていた弟の友だちは？」

「家の事情があるみたいなんです」と、後藤の声が萎《しぼ》んでいく。

「だよね」お人好《よ》しだとは口にしなかった。

「あ、あの、弟は自分のものにしたいわけじゃないんです。これから犬の世話をしてくれるひとがあらわれればオッケーなんです」

「へえ。小学一年生なのにずいぶんしっかりしているんだね」

「弟の愛読書はドリトル先生シリーズ（児童書版）なので」

いろいろ納得した。ドリトル先生は豚のガブガブをペットとして可愛がり、それでいて先生の好物はスペアリブだったりソーセージだったりする。単にかわいい、かわいそう、を行動規範とする偽善とはかけ離れた存在だ（道徳で自然を律するのは欺瞞《ぎまん》で、無理は必ず破綻《はたん》する。その点でドリトル先生は動物愛護主義者とは方向性が異なり、たとえば英国紳士が好んだキツネ狩りを次のように批判している。「とにかく、キツネは公平に扱われていない。一匹のキツネに対して十二匹の猟犬とは！」）。自慢の弟というのも、あながち誇張じゃなさそうだった。

後藤の訴えは切実につづく。「この件、あんまし長引くと、弟と友だちの間もギクシャクしちゃいそうで……。私、しばらく部活で弟にかまってあげられなかったから、なんとかしてあげたくて」

子供の感性は、成長するに従い、幻滅と倦怠《けんたい》によって失われていく。コミュニティFMのDJヨネから聞いた箴言《しんげん》だ。

後藤家としてはここが踏ん張りどころかもしれない。たぶんクラスメイトや友人にあたったり、インターネットの里親募集の掲示板など手を尽くしたのだろう。カイユは息を吐いた。正直、彼女が羨《うらや》ましくもあった。自分に弟がいたら、こんなふうに面倒見がいい兄になれたかどうか自信はない。

「吹奏楽部の先輩たちはなにかいってたの？」

「力になれなくて、ごめん、って。ちなみに上条先輩はチベタン・マスティフ以外の犬に興味ない、とのことで。あと、純金製の犬の置物なら、と」

「上条くんには怒っていい」

「え。でも上条先輩だけが、最悪ここに犬を連れていけばなんとかなるかもしれないとアドバイスをくれましたよ」そういって彼女は、適当に描かれた手書きの地図を差し出した。「なんでも奥羽《おうう》山脈に犬の楽園があるって」

この問題に見切りをつけたカイユは、音楽室に戻るために椅子を引いて立ちあがる。彼の制服を後藤がつかんで引き留めた。

「私にここまで赤裸々に話させて、逃げるだなんて選択肢はありませんよ」

「悪いけど、うちも犬は飼えないんだ」

「そんな淡い期待はしていません。でもカイユのお寺なら、人脈がたくさんあるんじゃないですか？」

「それも淡い期待だと思う」できること以外はしない、が彼の信条だった。

後藤が顎《あご》を突き出して迫ってくる。「こうなったら強行手段を取るしかありません。こんな方法は使いたくなかったんですが、私、カイユの弱みを知っていますから脅迫します」

「……弱み？　脅迫？」

いったいなにがはじまるんだろう。生半可な脅しに構える彼ではない。

「上条先輩と十円のうまい棒を買って、ペーパーナイフで縦に切って分け合っていることを芹澤先輩にいいつけますよ！　白い目で見られますよ！」

「平気だよ！　貧乏なめんなよ！」

語気強く、区切るようにいうと、彼女は哀願する口調ですり寄ってきた。

「コーギー、可愛いんですよ。だれにでも人懐っこくて、ぜったい気に入ると思うんです」

あまりにお気楽な口調なので、拒否する気力が湧いてこない。もはやため息しか出なかった。カイユはふと首を傾げて目を眇《すが》める。自分の記憶をたぐり直した。

「そういえば、心当たりはなくもないな」

後藤の顔がぱあっと喜色に輝く。天真爛漫《てんしんらんまん》で、ひとを惹《ひ》きつける表情というものを、彼女は穂村以上に持っているので、キラキラしたものが苦手なカイユは視線を逸《そ》らして頭の後ろのほうを掻いた。

「あのさ、後藤。確か今週の日曜、部活は休みだよね」

「え。明後日《あさって》ですか？　一応は」

休みといっても各々自主練で集まる。いつの間にかお昼を挟んで基礎合奏がはじまる。いいのか悪いのかわからないが、それが「一応は」の意味だった。

「僕は午前中休むよ。話をつけてくる」

「じゃあ私も行きます」

当事者としての責任があるのか、彼女の決断は早かった。しかしカイユは片手を前に出し、「来なくていいから」と制した。

3

日曜の午前九時過ぎ。ひさしぶりに早起きを気にせず二度寝を満喫したカイユが歯を磨いていると、玄関のチャイムが鳴った。この時間帯、本堂のほうではなく庫裏《くり》を直接おとずれるのは檀家《だんか》か宅配業者くらいしか思い浮かばない。チャイムがしつこく鳴りつづけるので、彼は口をすすいで玄関の扉を開けた。

私服姿の後藤が、ボストンバッグと犬用のキャリーケースを提げて立っている。

「来ちゃった」

彼氏の家に押しかけた恋人みたいな真似をするので、勘弁してくれよ、と思った。カイユの中でこれが許されるのは、「突撃！　隣の晩ごはん」ででかいしゃもじを持ったヨネスケしかいない。

急いで外出の準備をはじめた。リュックサックの中に懐中電灯とヘッドランプ、手ぬぐいに軍手、ポリ袋数枚、キャンプで使うような大きなトングを詰めていく。支度が終わって玄関に戻ると、後藤は上がり框《がまち》の部分にちょこんと腰かけて待っていた。

彼女は彼の荷物をしげしげと眺める。

「なんか大袈裟《おおげさ》ですね」

ここで説明するのは面倒なので、まあ、と言葉を濁して表に出る。玄関の鍵《かぎ》を締めてから、ふり向いて彼女にたずねた。

「よく家（庫裏）の場所がわかったね」

「連絡網の住所。あと、芹澤先輩にそれとなく聞いて」

「ふうん」

先に歩くと、後藤がついてくる。

「そういえば、ここに来る途中、あやうくトラックに轢《ひ》かれかけましたよ。サングラスをかけたワイルドそうな運転手さんに、メンゴメンゴーって謝られまして、今度見かけたら十円パンチ（コイン等で車体に傷を入れること。良い子は真似してはいけません）決定です」

ああ、それはたぶんうちの親父じゃないか、といいかけてやめた。

カイユの家――睡蓮寺《すいれんじ》は市内で百年以上の歴史を持つ寺だが、高齢化による檀家の減少のため、檀務《だんむ》だけでは経営が成り立っていない。そんな背景があって、住職である父親はトラックの運転手もして働いていた。兼業をする住職はめずらしくなく、いまでは父親は、見かけは僧侶《そうりょ》より大型トラックの運転手というイメージのほうがぴったりの体軀《たいく》をしている。

道すがら彼は立ちどまり、遅れて歩く彼女のほうに顔を向けた。背の低い彼女はなんとか追いついているようで、すこし反省する。

「どっちか持つよ」

ひと呼吸あった。男子に親切にされた経験がないのか、え、え、え、と後藤は動揺し、遠慮しなくていいから、とカイユが腕を伸ばすと、こっちを、とボストンバッグを突き出してくる。トロンボーンは昨日、部室に置いて帰るところを見かけたので、今日の自主練で使う道具等が入っていると思った。

ボストンバッグを受け取ったカイユは、後藤が持つ犬用のキャリーケースにも目を留める。中にいる小犬がやけにおとなしいので、あやうく存在を忘れかけた。

「例のコーギー？」

「はい」

「オス？　それともメス？」

「メスです」

「名前はつけているの？」

いやあ、それがですね、と彼女は笑いを含んでこたえる。

「弟はポチと命名しましたが、ダサいですよね。だから私が却下しました」

「で？」

「私の好きなメタルバンドのボーカルから取ってアンドリューに……」

「却下。今日から『お夏《なつ》』だ」

「えぇー」彼女は露骨に嫌そうな顔をした。「おなつだなんて、お婆さんみたいな名前じゃないですか」

ポチも、百歩譲ってアンドリューも、メス犬につける名前じゃない。姉弟《きょうだい》揃ってどうかしている。お夏は荒神《こうじん》一味二代目の女盗賊の名前なんだぞ。自分もどうかしているという自覚はカイユにはまったくなかった。

「ちょっと見せて」

物覚えが良く、好奇心も旺盛《おうせい》だといわれるコーギーを品定めする必要があった。カイユと後藤は車通りのない路地裏に移動し、犬用のキャリーケースを地面に置いて、側面にある出入口のカバーをそっと開けた。中に茶と白の毛色の子犬がいる。普通なら反応を示すなり、首を出すなりしそうだが、奥で縮こまったまま動こうとしない。

どうしたんだろう。

カイユが地面に顔を近づけてのぞきこむと、キツネの表情に似たコーギーがつぶらな黒い瞳《ひとみ》を光らせて唸《うな》っている。柔らかそうな毛先、小刻みに動く鼻先。おいで、と彼が手を入れると、指の先をコーギーがガジガジと嚙《か》んだ。子犬の歯は小さいが、痛いぞ、これは。

「……だれにでも人懐こいんじゃなかったっけ？」

私に任せてください、といった後藤の手もコーギーにガブッと嚙まれた。慌てて手を引っこめ、痛あああい、と涙目になってひとしきり呻《うめ》いたあと、真顔に戻ってしゃあしゃあといった。

「いつもは手を出せば、舐《な》めまくりのペロリストなんですよ。後藤家では無差別ペロが起きているんです」

「とんだ凶暴ワンコじゃないか」

「おかしいなあ。家を出てからずっとこんな感じで……」

胸の前で腕組みする後藤を、「嘘ついてたの？」と、カイユは睨《にら》みつけた。

「いいえ。私、アドリブで嘘はつきませんから」

男子としては聞きたくない抗弁だが、大袈裟に両手をふる彼女を横目で見て、まあ、そうだよな、と考える。次に口を開くまで時間がかかった。

「病気なのかな?」

信じられない、という表情を後藤は浮かべる。

「動物病院で予防接種(弟の反対を押し切って、カルテの名前は後藤アンドリューで強行)をしましたし、定期検診を受けたばかりですし、今朝ご飯をあげたときは、すっごく元気で懐いていましたよ」

じゃあ、なぜ家を出た途端に急に態度を変えたりするのだろう?

このコーギーは、かつて自分が捨てられ、新たな飼い主になりそうだった後藤家にもいられなくなることを理解した? だとしたら、なにを根拠にそう判断したのか? これから会うおばさんの飼い犬の平蔵に通じるものがあった。ひとり息子の恋人に対して、やたら吠《ほ》えたり唸ったりするようになった理由だ。

カイユは沈黙する。長い沈思黙考。

犬の知能指数は人間の二、三歳児程度だと聞く。ただしそれは人間の知覚の枠内での話だ。犬が見ている世界と、人間が見ている世界は違う。下手すると、本で読んで「へえ」と唸った環《かん》世界論の領域に踏みこんでしまいそうな話になる。

人間とは根本的に違う犬の知覚世界——それに基づく犬独自の推理があるとしたらなんだろう。匂いとか？　学校の授業では味わえない興味深い考察のような気がした。好奇心が背伸びする思いだった。そんな思料を邪魔するように、後藤が黄色い声で話しかけてくる。

「ねえ、ねえ、カイユ。ぼけっとしちゃ駄目ですよ。しっかりしてください、もう」

だんだん彼女に対して腹が立ってきた。だれのせいでこうして労力を費やしていると思っているんだ。深く深く、ため息をついた。

一昨日《おととい》、犬好きのクラスメイトの女子に確認したことが脳裏によみがえる。やり取りは次の通りだった。

——雑種の犬を五匹飼っているひとに、コーギーを譲ろうと考えているんだけど、気をつけたほうがいいことってある？

——やめたほうがいいんじゃない？

——え。なんで？

——それが不思議なのよ。なぜかコーギーって、他の犬から敬遠されているというか、散歩中によく吠えられるのを見かけるのよね。

——嘘でしょ。

——生物学的な根拠はないんだけど、そんな光景を見るもん。胴長で短足で骨太、耳が尖《とが》っていて、尻尾《しっぽ》を切られてお尻《しり》がツルンとしているわけでしょ？　なんかさ、ダックスフントやブルドッグとは違う余所《よそ》者感っていうものがあるんじゃないかな。数ある犬の中でも馴染《なじ》まないというか。

——エリザベス女王が飼っている犬だよ？

——だからどうなのよ。

クラスメイトの女子の主観が交ざっているだろうし、根拠薄弱で、全国のコーギー好きを敵にまわすような発言だが、なぜか妙な説得力を感じさせるものがある。

（コーギー、可愛いんですよ。だれにでも人懐っこくて、ぜったい気に入ると思うんです）

平蔵やおまさ、お千代、おさわ、お豊とうまくやっていけることを示すためにも、後藤がいった通りの姿をおばさんに見せつける必要があるのに、先が思いやられた。

4

カイユは広い幹線道路をまたぐ交差点にやってきた。地図は頭の中に入っている。ブルーシートに覆われた建物が何軒かあり、空き地は資材で埋まっていた。ここを越えればおばさんの家は近い。

信号が青になるのを待っていると、後藤が隣に並んだ。彼女は強い風に顔をそむけ、ちょっとうつむくようにしてから、こちらを見上げる。

「カイユって姿勢がよくなったんじゃない？」

見ていないようでちゃんと見ているんだ、と感心した。打楽器奏者は立つのも演奏のうちだからね、と芹澤に口を酸っぱくしていわれている。立ち姿を常に意識している甲斐《かい》があった。

「あのさ」

「なんですか？」

「もうすぐ知り合いのおばさんの家に着くんだけど、後藤はコーギーと一緒に一時間くらい時間を潰《つぶ》してくれないかな。携帯に電話するから」

「えー。どーしてですかー。カイユがびしっと話をつけるところを見たいでーす」

「話をつけるといっても、いきなり訪問してコーギーをもらってください、ってお願いする度胸は僕にはないんだよ。物事には手順というか順序があるんだ」

彼はそういって肩掛けしたリュックサックを軽く揺する。

「それ、気になっていたんですけど、なにが入っているんですか？」

信号が青になった。きちんと説明しないと彼女は引き下がりそうもないので、歩きながら喋《しゃべ》ることにした。

話したのは檀家《だんか》まわりについてだった。本来なら新盆や法事のときだけだが、睡蓮寺では父親が暇を見つけてはボランティアやヘルスワーカーのように高齢者宅を一軒一軒まわっている。昔はそうしてお寺の住職が地域の健康を支えたり相談役になっていたという。お布施は期待できないが、このご時世に睡蓮寺が廃寺にならないのは、すくないながらも残った檀家の結束が固いからだ。それにカイユはこの街の老人を放っておけなかった。最近ではコミュニティFMのラジオ番組でWBC【ワールド・ベースボール・クラシック】をWBC【ワールド・バター犬・クラシック】と読み間違えて舌を噛んだDJサダキチが放送事故すれすれの仕事をしている。

カイユも小さい頃は父親と一緒に檀家まわりをしていた。それを思い出しながら電話帳を開いておばさんの家に電話したのだった。——睡蓮寺の界雄です。この間はひさしぶりにお目にかかれてよかったです。父に話したところ、おばさんのことを気にかけていたようで。今度父の代わりにお邪魔したいのですが、なにかお困りのことはありませんか？　え？　寺を継ぐつもりは一ミリもありませんよ、やだなあ、もう。え？　DJスケキヨのうさぎとかめの第七話？　ラジオの特別番組を聴いてくださったのですか。孫がめと孫うさぎの抗争はまだつづきます。次回から上条という シナリオライターが参加しますからスケールが大幅にアップしますよ。ついに孫うさぎがクローン軍団を引き連れますが、孫がめは『宮本武蔵《みやもとむさし》 一乗寺《いちじょうじ》の決斗《けっとう》』の宮本武蔵並みの非情な戦略をとるんです。クローン孫うさぎの大虐殺ですよ。いやいや、話が逸《そ》れてしまいましたが、さっきの件、今週日曜の午前中はいかがでしょうか――睡蓮寺の檀家まわりの意味を知るおばさんはひとしきり笑ったあと、じゃあ甘えていいかしらと、家の床下のゴミ拾いの手伝いを彼にお願いした。親父はなんでもやっているんだな、と節操のなさに感心しながら承知する。結構ハードな要求だが仕方ない。

「……そういうわけなんだよ」

「……なにがそういうわけなんですか。なにいっているかさっぱりわかりませんし、うさぎの大虐殺だけが気になりますよ」

「だよな」

「借りをつくる前に、貸しをつくるんですね」

身も蓋《ふた》もない要約を後藤がするので、カイユは苦笑する。

「いや。たぶんおばさんにとってゴミ拾いは口実だと思う」

いずれおばさんのひとり息子は家を出ていく。地域のつながりを大事にしたい、ふれ合うことで安心を得たい。地域、イコール、高齢者ではなく、あらゆる世代で関わっていかなければならないことを、彼は高校へ行かなかった期間に実感していた。

「ふうん。わかるようなわからないような……」

わからなくて結構、という仕草でカイユはポケットをまさぐり、財布から小銭を出して、「ほら。八十円あげるから、そこの激安自動販売機でジュースでも買って公園に行ってきてよ」と小学生の妹を諭すように後藤を追いやる。

不承不承従う彼女の背中を見送り、彼は犬の鳴き声がやまない木造二階建ての家の前に立った。渋い茶褐色の光沢があり、ほんのり木の香が漂ってきそうな色合いで、築年数はかなり古そうだが、ボロという印象はなかった。昔の大工は腕がよく、壁や柱が正しく配置されているので、補強次第でビクともしない頑丈なつくりになると聞いていた。立ち退《の》きに応じないのは、お金以外にも理由があるのかなと憶測する。

背の高い生垣の隙間から庭と縁側が見えた。

「あら、界雄くん？」

如雨露《じょうろ》を持ったおばさんと目が合い、会釈を交わした。

「あ、檜山です。こんにちは」

「入ってきて。いま、お茶を出すから」

後藤を待たせるのも悪いので、まずはさっさとゴミ拾いを済ませるべく門扉から庭に移動して縁側にリュックサックをおろす。今日はご主人とひとり息子は不在の様子だった。犬は庭で放し飼いにされ、よくもまあ脱走しないものだと感心する。

おばさんの足元では、おまさ、お千代、おさわ、お豊の四匹が尻尾をふっていた。ご主人様にかまってもらうことがなによりの生きがいであり、楽しみでもあるようだ。

もう一匹――先住犬の平蔵だけが唸《うな》り、おばさんに向かって吠《ほ》えている。さっきから耳を埋めるのは平蔵の鳴き声で、断続的にではあるけれど、小さな身体のどこに力が秘められているのかと思うくらいにうるさかった。

カイユは睡蓮寺の近況を話しながら、頭に手ぬぐいを巻き、ヘッドランプを装着して軍手をはめる。父親に黙って本堂の屋根裏物置を物色するときのスタイルだった。

「ゴミ拾いでよろしいんですか？」

とトングとポリ袋を持ち、おばさんに向かってたずねる。

「え。やだ。お茶だけでいいのよ。お父さんのときもいつもそうだから。あのひと、お中元のお菓子とか遠慮なく食べ尽くして帰っちゃうの」

そうだったんだ……。「いや、こうなったら、意地でもやらせていただきます」

「ワンちゃんたちが床下に家の物を隠しているようだから、つい電話のとき、界雄くんに話しちゃったのよ。タオルとか、古いスリッパとか。とくに靴なんだけど」

靴は革やゴムでできているから、犬にしてみれば魅力的な獲物に映るのだろう。

「わかりました」

「でも、そんな真剣にやらないで。適当に切り上げていいから」

カイユはトングをカシャカシャと鳴らしながら縁側の下をのぞく。コンクリートの基礎にある通気口が、ひとが入れるくらいの大きさになっていた。格子が外れている。

「犬がこっそり抜け出して、他の家の靴を隠している可能性があるんですね？」

あら、とおばさんの目が見開く。「……驚いた。お父さんに似て鋭いところがあるのね。苦情はまだないんだけど、五匹とも出入りしているから」手の甲を口元に寄せて笑った。「界雄くんに今日来てもらってよかったのかも」

「せめてそれだけは確認します」

作業の落としどころを確認したカイユは、自分の勘に満足しながら縁側の下から床下に潜りこんだ。

ヘッドランプのスイッチを入れ、前方を照らし、腹這《はらば》いになって進む。ちょっとした洞窟《どうくつ》探検に近いが、動くたびに方向感覚が狂いそうになるのは困った。彼の痩躯《そうく》でも大引《おおびき》や根太《ねだ》のところで背中や腰があたるから、ご主人やひとり息子に頼めないのかもしれない。床下の通風がいいのか、湿気はあまりなかった。束柱《つかばしら》が白蟻に食い荒らされている様子はなく、代わりに乾いて硬直した虫の死骸《しがい》っぽいものが落ちていた。

彼を包む闇はだんだん濃くなる。

汚れたフェイスタオルが三枚、サンダルが二足落ちていたのでポリ袋の中に回収した。スリッパが一箇所にかたまっていたので、これも回収する。他に、お菓子の箱、フリスビー、ゴムボール、ビニール製の犬用の玩具《おもちゃ》が落ちていた。進めば進むほど、犬たちのテリトリーが床下の奥まで広がっていることがわかった。

カイユは窮屈な姿勢のまま首をまわす。

自分の呼吸音が大きく聞こえる中、平蔵の変化を思い出した。

ひとり息子が家に連れてくる恋人の秘密を、ここで知ったのだろうか？

壁に耳あり障子に目あり。床下にはワンコあり。

人間の言葉を理解して聞き耳を立てていた？

まさかな……

カイユは頭を左右にふってヘッドランプの明かりを動かす。

束石《つかいし》のそばに革靴がひっくり返った状態で落ちている。トングで挟もうとすると、縁側の方向から「あははっ」と聞き覚えのある女子の笑い声が響いた。「可愛いワンちゃんよねえ」「コーギーなんです。今日は人見知りが激しいようでして」「あらあら、犬見知りも激しそうね」「ですよねー。それよりさっきの話ですが、マジですか？」「ええ、マジなのよ」「三股《さんまた》なんて、とんだ性悪の腹黒女ですよ。息子さん、別れて本当によかったです」「わたしもそう思うわ。結構落ちこんでいるようだけどね」「また次の出会いがありますって」「うふふ。じゃあ、あなたのクラスのお友だちを紹介してくれる？」「ええと、息子さんの歳は？」「三十六なの」「それ、犯罪ですよ」「だよねえ」

おばさんが楽しそうに会話しているので、彼はガンッと頭頂部を打ちつけた。あちこち身体をぶつけながら慌てて戻る。「……あの、だんだんおばさんが他人とは思えなくなりました」「うれしいわあ。わたしもあなたみたいな明るい娘がほしかったのよ」「ずうずうしいようですが、実は折り入ってお願いがありまして」「なに？」「この捨て犬のコーギー、もらってください！」

障害物競走の網くぐりのように急いで這《は》いずり出たカイユは、土まみれ汗まみれになって立ちあがる。案の定、後藤がキャリーケースを抱きしめて縁側に腰かけていた。軍手を脱いで彼女の片腕を力尽くで引っ張り、庭の隅へと移動して、プロ野球の始球式に登板したアイドルのように大きくふりかぶって頭を叩《たた》く。

「いきなりなんなんですか」

同盟を結んだ仲間に裏切られたような顔を彼女がするので、

「今年一番のびっくりだよ」

カイユは周囲の犬の鳴き声に負けない大声でいった。どうしてこいつは、小手先の根まわしや段階を踏んだ準備に惑わされることなく、一直線で目的を達成させようとするのか。しかもそれが易々とうまくいきそうな雰囲気なので身悶《みもだ》えしそうになる。コツコツと論理的に思考を積み上げていく自分がひどくバカらしく思え、穂村に手を焼く上条の気持ちがわかりかけた。

「界雄くんのお友だちって、可愛くて面白いわねえ。吹奏楽部の同級生なんでしょう？」

おばさんが縁側から楽しげに声をかけてきたので、彼女が照れた様子でふり返る。

「あ。申し遅れました。私、後藤朱里といいます。バストロ吹いてます」

「……バ……中トロ？」

「惜しい！　トロだけは合ってます！」

まだ名前も名乗っていなかったのかとカイユの全身の肌が粟立《あわだ》ちそうになる。おばさんのひとり息子の話をどうやって引き出したのか、その秘訣《ひけつ》を教えて欲しかった。

カイユは再び後藤の腕を引っ張っておばさんの元に戻り、彼女の頭をつかんで無理やり謝らせる。

「すみません、すみません。この子、悪気はないので」

本心だった。よく思われようとして、腹黒さが見え隠れする女子よりはマシだ。単純な目的で単純に生きている人間は清々《すがすが》しい。そもそも彼女がコーギーを捨てたわけでも、前の飼い主と関係があったわけでもない。しなくてもいい苦労を背負いこんでいるのだ。

「仲がいいわねえ」と、おばさんは完全に誤解してつづけた。「そうそう。界雄くんに報告があるんだけど、あの女の件、解決したから」

「え？」お飲み物でもどう、くらいの軽い調子だったので、もう一度「え？」と聞き返す。

「やっぱり息子は騙《だま》されていたのよ」

なんだ、その話題か。相手が高校生であろうとだれであろうと話したくてたまらないんだろうな、息子は本当にいい迷惑だよな、と思った。同時に、おばさんの気安さが自分にだけ向けられた特別なものでなかったことに寂しさも覚える。

「……もうこの家には来ないんですか」

「この間、界雄くんに会った次の日に、二股《ふたまた》どころか三股が判明してねえ。なんでも相手はバンドマン、バーテンダーだったかな。公務員のうちの息子が安全牌《アンパイ》という形でキープされていたようで、借金まみれだったこともわかったのよ」

よくわからないが、こんなところで麻雀《マージャン》用語が出てくるとは思わなかった。麻雀はDJサダキチから手ほどきを受けている。記憶力が悪いとギャンブルは負ける。

(平蔵の直感はだれよりも信用できるんだから)

そうか。息子の彼女は単に金目当てで、すでに退散したのか……

カイユは地面にいる犬たちを見下ろした。おまさ、お千代、おさわ、お豊の四匹が、後藤が抱えるキャリーケースが気になる仕草で盛んに吠《ほ》えて、キャリーケースの中のコーギーもよせばいいのにキャンキャンと応戦している。

一方で平蔵だけがコーギーをまったく相手にせず、おばさんに向かって盛んに吠え立て、かと思えば、低い体勢を取り、しぼり出すように唸《うな》っていた。

「どうしたのかしらねえ」

おばさんも長くつづく平蔵の異変に戸惑う様子だった。

カイユは聞いてみた。

「調子が悪いんじゃないですか？」

「調子？　病気のこと？」

「ええ」

「犬って病気の辛《つら》さを隠す習性があるから、健康診断を受けているんだけど……」

「異常はなかったんですか？」

「歳の割には健康そのものよ。なにか悪いものを食べたわけでもなさそうだし」

「そうですか」カイユは腕組みしたまま沈黙する。

しきりに首を捻《ひね》っていたおばさんは身体をずらして後藤のほうを向き、「そういえば捨て犬がなんとかかって……」と話題を変えた。

ぎくりとしたカイユが慌てて補足しようとすると、彼女はしっかりとした口調で受けこたえた。

「実はこのコーギーの里親を探しています」

「そう……」おばさんはすこし驚いた表情を浮かべる。「だからずっとキャリーケースに入れているのね」

後藤はうつむき加減で、こくりとうなずいた。

「リードをつけるのは、新しい飼い主さんの最初の仕事です。私の家ではそれができませんでした」

カイユは息を呑《の》んで聞き入る。後藤のことをすこし見直してしまった。

おばさんは、自分の娘を見ているかのような顔で、「もう躾《しつけ》をしたり、お散歩ができそうだけど、どうしているの？」と身を乗り出してたずねる。

「あの、よくないことだと思いますが、家の中で放し飼いに。強いていえばフリーダム状態で」

その結果、犬嫌いの父親が追いこまれたわけか。後藤家の惨状が腑《ふ》に落ちた。

おばさんは長いこと口をつぐんでいた。犬たちの鳴き声がいやに大きく聞こえる。

「他にも兄弟がいただろうに……。かわいそうに」

そうぽつりとつぶやいて、後藤が抱えるキャリーケースに目をやった。

(奇跡的に生き延びていたそうなんです)

カイユは後藤の言葉を思い出した。もしかしたら彼女の弟はコーギーの兄弟の末路を目の当たりにしたのかもしれない。不謹慎だが、夏休みの間に干涸《ひか》らびた小犬たちの姿を想像する。だからといって、カイユが自分の家で飼えるわけではなかった。困ったものだ。ドリトル先生の教えを乞《こ》いたかった。

縁側でおばさんは思案する顔を見せている。急にこの場にいることが息苦しくなったカイユは、透明人間を装おうと試みたが、すぐ限界がきて、ポリ袋とトングを持ち直してゴミ拾いを再開しようとした。彼の服を後藤がつかむ。

「この状況から逃げるだなんて選択肢はありませんよ」

「仕事するんだよ!」

ふたりのやり取りに、おばさんは沈黙の出口を見つけたように笑い出した。

「仲いいわねえ」

いやいや、とカイユは顔の前で手をふる。あわよくばおばさんに後藤のコーギーを引き取ってもらおうと安易な画策をした自分を恥じた。やっぱり、ペットを飼うということは、命を預かることで、なにがあっても最後まで世話をしなければならない覚悟を要する。簡単に「飼ってあげるわよ」とこたえが出るわけがない。

再び後藤がカイユの服を強くつかんだ。彼女は顔を近づけて小声でいう。

「重大発表です。おばさんとの会話がこれ以上持ちません」

「さっきまであんなに楽しそうにお喋《しゃべ》りしていただろ。あれは幻聴か?」

「……話のネタをプリーズ」

カイユは空を仰ぎ、歯を食いしばって、眉間《みけん》に縦皺《じわ》を集めて考える。

「おばさんは俳句教室に通っている」

「俳句？　私、わかりませんよ？」

「この間、偶然拾った後藤の譜面の裏に『シャボン玉、それは空のかけらを生むキセキ……』ってポエミーなメモ書きがあった。見なかったことにしてあげるから、それでなんとか合わせてくれ（参考。穂村が中学時代に宿題でつくった俳句は『熱気球　音なくのぼる　クエスチョン（字余り）』）」

後藤が恥ずかしさのあまり顔を真っ赤にしてわなわなと震えている。

知るもんか。とにかく、おばさんの希望もあるから、やることを早くやっておこうと思った。カイユは屈《かが》んで縁側の下に潜りこむ。

（借りをつくる前に、貸しをつくるんですね）

彼女の辛辣《しんらつ》な言葉がよみがえるが、一歩行動を起こせば、よいことも悪いこともあるだろうけど、最終的に物事が好転する可能性だってある。なにもしないよりはマシだ。

床下を這《は》い進むと、縁側の方向から「あははっ」と楽しそうな笑い声が届く。「カイユはですねえ、デリカシーのないへっぽこ野郎なんですよ！」ふむ。やはり順応能力は高いようだ。

首を左右にまわし、ヘッドランプの明かりを照らしていく。さっきも確認したが、床下空間は乾燥していて、白蟻に食い荒らされている様子はないので、蟻害による腐朽の心配はなさそうだった。立ち退《の》きがもったいないほど丈夫でしっかりしたつくりになっている。白蟻がいない代わりに、羽のある小昆虫の死骸《しがい》の影が見えた。最後は虚《むな》しく自分で幕を引こうとしたのか、無残にも小さな脚を折り曲げている。

奥へと進んでいくうちに頭の隅で小さな疑問が湧いた。それは、刺《とげ》がちくちく刺さるように次第に自己主張していく。

平蔵のことだ。なにやかやと気になった。

おばさんに向かって、なぜあんなにしつこいほど、吠えたり唸ったりするんだろう。病気でないとしたら、どんな理由があるんだろう。

群れの順列の一番上にいる飼い主のおばさんに、古参の平蔵だけがなにかを伝えようとしている……？

やっぱり例の金目当ての息子の彼女が気にいらなかったのか？

人間の本心をのぞくなんて、犬の平蔵にできたのか？

もう彼女がこの家をおとずれないことを知れば元に戻るのか？

カイユの意識が目の前の現実に戻る。先ほど回収し損ねた革靴が転がっていた。トングでつかんでポリ袋の中に入れる。地面の土はとても固く、犬の前足では簡単に掘れそうもないので、なにかを埋めている可能性はなさそうだった。

おばさんのいう通り、あの犬たちがくわえてきてここに置いているのなら、庭と同じく、この床下もテリトリーのはずだ。平蔵が札束や金塊が入った謎のバッグでも見つけておばさんに知らせようとしているのなら美談になるだろう。

逆に怖い想像もしてみた。

もし、もしも、床下に戦時中の不発弾があったとしたら？

仮に不発弾だとしたら、それは家を建てる前に発見されて大騒ぎになるだろうし、そもそも飼い犬は爆弾が危険なものであるかどうかの認識はできない。訓練を受けたり、爆発を身をもって経験すれば別だけど——

危険物か……

下ばかり向いて作業していることに気づき、顔を上げる。

改めて床下の真っ暗な世界があらわになった。床組みから垂直に伸びた床束《ゆかづか》が縦と横に等間隔で並んでいる。意外と開けた空間は、すべての壁を取り払った迷路に近かった。

……あれは？

カイユは注意深く目を細め、恐る恐る近づいていく。

危険物は地面に落ちているのではなく、上にあった。

彼は呼吸する気配さえ押し殺すように身体をかたくする。

逆さにした、つぼ状の物体……

平蔵はこれを発見し、おばさんの家に迫る危機を伝えようとしたのか。

5

陰気な床下から解放されて外に出ると、さすがに陽の光が眩《まぶ》しい。

「ねえ、カイユ。結局、平蔵の大手柄ってことでいいの？」

おばさんの家をあとにしたカイユと後藤は、八十円の激安自動販売機のそばにある公園に寄ることにした。日頃ほとんど使われていない小さな公園で、ベンチに座る彼女はひざの上でコーギーが入ったキャリーケースを抱え、向かい合う彼はリュックサックを肩掛けにして立つ。

おばさんに対する平蔵の奇妙な変化については、ここに来るまでの途中で後藤に詳しく話していた。

「手柄だと思うよ」

カイユはこたえた。干涸らびた虫の死骸の正体がわかったとき、彼は慌てて床下から逃げ出し、縁側で待つおばさんに事実を伝えた。おかげでコーギーの里親探しについては、それどころではなくなってしまった。

後藤は目を上げていう。

「スズメバチの巣かあ……」

「ああ。おばさんの家に迫っていた危機は、金目当ての息子の彼女ではなくて、床下で巣をつくっていたスズメバチだったんだよ」

床下の地面に落ちていたのは親指大のハチの死骸だった。いかにも凶暴そうで、危険だから近寄るなよ、というような禍々《まがまが》しい形と色。おそらく平蔵は、動物の本能でハチは危険だと認識できたのだ。毎年八月か九月になると、スズメバチによる刺傷事故がニュースで報道されるようになり、希《まれ》に死亡者も出る。平蔵は床下にスズメバチが巣をつくりはじめていたことを知り、おばさんに知らせようと唸《うな》ったり吠《ほ》えたりしていた。それがカイユの出した推論だった。おばさんにはすぐ駆除業者に連絡するよう勧めた。

「……ふうん」

どこか気のない返事を後藤がしたので、カイユはむっとする。自分が今日、土埃《つちぼこり》まみれになって床下のゴミ拾いをしたからこそ判明した事実なのだ。まったく、だいたいそのゴミ拾い自体、だれのためにしたと思っているんだ。

「後藤はいいよな」つい嫌味が口から出る。

　今度は後藤がむっとし、どこか腑《ふ》に落ちない表情でカイユを見すえた。

「私、庭でおばさんとずっとお喋《しゃべ》りしている間、スズメバチが飛んでいるところを見なかったよ」

　いわれてカイユは、しばらく彫刻と化した。自分が床下で見たのは干涸《ひか》らびたスズメバチの死骸だけだった。ヘッドランプの明かりの中で飛んでいるところや、恐怖を感じるような羽音はいっさい耳にしなかった。現在進行形で巣づくりしているのなら、一匹くらい生きた姿を確認できたはずだ。

　いったいどういうことだろう。大事なところを見落としている？

　黙りこんだカイユの耳に、後藤の声が届いた。

「ワンちゃんは五匹いたんだよ？　床下に出入りしているのなら、五匹とも発見している可能性があるわけじゃない。なのになんで平蔵だけ？」

　理屈だった。彼はすこしためらってから口を開く。

「ごめん。後藤のいう通りだ。なにかがおかしい」

　カイユが非を認めたことで、後藤は満足そうにスマートフォンを取り出した。クラスでまだ持っているひとはすくないので彼はのぞきこむ。

「へえ。いいもの持っているじゃん」

「入学祝いに買ってもらったんです」後藤はいいながら指を動かし、スズメバチの巣の画像を検索していた。それほど待たずに候補画像があらわれる。「カイユが見たのはどれ？」

スズメバチの巣にもいくつか形があることがわかった。「これだよ」と、逆さにしたつぼ状の画像を指さした。色は茶系でマーブル模様っぽい柄が入っている。

解説のテキストをふたりで眺めた。

〈毎年越冬した女王バチが、五月ごろから一匹で巣づくりをはじめます〉

五月？　いまは九月だ。

あの形のまま九月まで残っているということは、なんらかの理由で、運悪く女王バチが死んだことを意味する。自分が見つけたあの死骸は女王バチだろうか？　いや、さすがに虫の死骸は粉々に風化しそうだから、たまたま迷いこんで死んだオスのスズメバチの可能性がある。

混乱したが、ひとつはっきりした。スズメバチの巣がつくられているという危機は、五月ごろの時点で消滅していたのだ。解説のテキストの中で、〈一度つくりかけた巣が他のスズメバチに再利用されることはありません〉とある。

カイユは舌打ちのひとつもしたいような顔つきで首をふった。後藤のいう通り、生きた姿を一匹も見なかった時点で気づくべきだった。暗くて狭い床下を這《は》いまわっていたから冷静さを欠いたのか……

「なんなんでしょうね」と、後藤が首を傾げていう。

「そうだ。おばさんに連絡しないと。スマートフォン貸して」

「え。カイユ、携帯持ってないの？」

「持ってない」

「おばさんの家の電話番号、わかるの？」

「最近電話したばかりだから覚えてるよ」カイユが好きな冒険小説の世界には、記憶力のいい人間がぞろぞろ出てくる。生身の人間が負けるわけにはいかないのだ。

「すごいんだね、カイユって。でも、いまからなにを連絡するの？」

「なにをって……」彼女の呑気《のんき》さにすこし苛々《いらいら》した。「駆除業者を呼ばなくても済みそうじゃないか」

「呼んだほうがいいんじゃない？」

「え」

「だって女王バチが縁側の下に出入りしたのは間違いないんでしょ？　来年また紛れこむかもしれないじゃん。たぶんプロの業者なら対策してくれるよ。帰り際に私、おばさんと話したもん」

カイユは密《ひそ》かに生唾《なまつば》を呑《の》む。後藤が大らかに構えていた理由がようやくわかった。パニックを起こしたのは自分ひとりだけだった。巧言令色、すくなし仁。DJヨネの教えが脳裏をよぎる。小手先で小器用、小利口にふるまって意味を勝手に糊塗《こと》するより、正直に信念を持って心情を伝え合うほうが人間の英知として深いものがあるのか。もう自分はいらないんじゃね？　彼に残されたプライドも威厳も、いまや息を引き取ろうとしていた。

後藤はキャリーケースをベンチの上に置いた。それからしゃがみこみ、側面にある出入口のカバーを開けて、「おまえの新しい住処《すみか》は睡蓮寺ですからねー」と冗談ともつかない言葉をかけてコーギーの頭を撫《な》でている。

痛っ。

また噛《か》まれたようだ。子犬だから歯は小さいが、結構痛いことは自分も経験済みだ。カイユも腰を屈《かが》めてキャリーケースの中をのぞく。

「もっと人懐っこくて、可愛げがないと、里親探しは苦労するんじゃないのか？」

「いつもはこうじゃないんだけど……」

「慣れないキャリーケースに入れて不機嫌なんじゃ？」

「えー。予防接種や定期検診のときも使って、結構歩いたんだけど、そんなことはなかったよ」

「じゃあ調子が悪い――」カイユはいいかけ、ふと奇妙な既視感を覚えて首を捻《ひね》った。こんな消去法に似たやり取りをおばさんとすでにやっている。

キャリーケースの中のコーギーをよく観察した。自分が感傷的になっているだけかもしれないが、急変する状況に対応しきれず、混乱し、だれを信じていいのか判断しかねているようにも映る。

「やっぱり私の表情や態度に出ちゃっているのかな……」と、後藤がうつむき、唇を尖《とが》らせてつぶやく。

「え」

「だって残った可能性は、それくらいしかないじゃないですか」

カイユは目をしばたたき、ややあって立ち上がると、考えこむように腕を組んだ。

彼の頭に去来したのは平蔵のことだった。冬の晴れた日のように、ピントがしっかり合ったレンズみたいに、思考の隅々までクリアになった気がした。

先住犬として長い間可愛がられてきた平蔵は、おばさんの様子を観察するエキスパートだったのではないか？　人間の行動や仕草は、本人が気づかなくても変わり得る。そんなわずかなサインを、平蔵だけが読み取っていた……

それが一番シンプルな回答だ。平蔵が見ているのは常におばさんであって、息子にさえ悟らせなかった疑心暗鬼に満ちた表情に反応していた。いや、息子の彼女の問題は解決したのだから、他にまだ、おばさんの表情を変えるなにかが存在する……

ここ数日、犬のことばかり考えていたので、それがフックとなって思いがけない記憶がよみがえった。高校に行かなかった時期、街の図書館の本で読んだ内容だった。

犬の観察と人間の観察について、大きく異なる点。

それは判断力だ。判断力は大切に思えるが、直感を働かせるときに割りこんでくる厄介なものでもあり、研ぎ澄まされたアンテナを邪魔するノイズに近い。犬が吼《ほ》えるときは、どうあるべきだったか、いつもはどうだったか、これからどうするべきか、などといったことに惑わされたりしない。犬はいまの状況だけを飲みこむ。それが犬が本来持つサバイバル能力で、生きていく力だという。

いまの状況……

おばさんの家に迫っている本当の危機とは？

真の危険物とは？

今日のやり取りの中で手がかりがあるかもしれない。どんな小さなヒントでもいい。こめかみに力を入れ、おばさんの言動を懸命に思い起こす。こたえを探して伏し目になった。

6

あれから数日後。

病室に入ったカイユと後藤に、おばさんは気づく。とにかく退屈なのか、ぼうっとテレビを観ているのは限界だった様子で、あらあらあら、と相好を崩してベッド脇にあった丸椅子を勧めてくれた。六人部屋の大部屋にはおばさんしかいない。

（犬って病気の辛《つら》さを隠す習性があるから、健康診断を受けているんだけど……）

病気の辛さを隠すのは人間も同じだ。

後藤と一緒におばさんの家に訪問した日の夜、気になったカイユは、おばさんにも健康診断を勧めるために一か八か電話をした。その結果が――

「学校帰りなの？」

おばさんの横顔を、窓から入る夕陽が赤く染めている。

カイユと後藤は制服姿で手ぶらだった。部活が終わるのを待っていたら面会時間は過ぎてしまう。個人練習の合間にこっそり抜けたので、すぐ学校に戻らなければならないことをどう説明しようか彼は考える。

「脱走してきました」

先に丸椅子に腰かけた後藤が片手を上げて元気よくこたえ、カイユは悩んでいた自分が馬鹿らしくなった。

「脱走？」と、おばさんは目を丸くする。血色はいいようだ。

「フナムシみたいに物影から物影にカサカサ動いて、みんなに黙って来たんですよ」

後藤が両手の指を気持ち悪く動かしてフナムシになりきり、おばさんが笑う。おばさんはベッドサイドにあるワゴンに手を伸ばして、お見舞いのケーキでも食べる？と勧め、練習中はこっそりでも食べられないんですよ、と後藤は本気で悔しがった。おばさんは吐息をもらしたあと、もう何十回もカイユが耳にした言葉をしみじみとくり返した。

「平蔵は命の恩人だったのねえ……」

おばさんは胃がんと診断された。

幸いにも転移の心配はなく、内視鏡手術で治せる段階だったため、一週間くらいで退院できると聞いた。

胃がんの初期は、症状がわかりにくく、早期の発見が難しいがんともいわれている。ただ、早期で胃がんが見つかったひとの中には、なんらかの胃の不調を訴えるケースが多いという。

それがおばさんの表情に、わずかに出ていたことになる。

ご主人やひとり息子でさえ気づかなかった変化を、長年可愛がられてきた愛犬だけが見逃さなかった。

やはり鋭い推理力と観察眼を持つ、鬼の平蔵の目は欺けなかったということだ。

「おばさん。カイユから聞いたんですけど、あの件、本当にいいんですか？」

後藤が丸椅子から身を乗り出し、真剣な顔でたずねる。

「いいわよ。コーギー、私が退院したら引き取るわ。ちゃんと育てるから」

「あ、あ、ありがとうございます！」

後藤が感極まっていい、カイユはもっと気持ちを込めてといわんばかりに彼女の頭を上から押さえつけた。

おばさんの気が変わった理由をカイユは知っていた。犬の一生は人間より短く、犬を飼いつづけることは避けられない終焉《しゅうえん》を見送ることになる。しかしおばさんは高齢だ。いま飼っている犬たちを残す可能性がゼロじゃないことを考えると、新たに飼う決断はできなかった。

それが今回の一件で考えが変わったという。人間と犬、互いの命の輝きを照らし合わせつつ暮らすことになんのためらいもなくなったらしい。平蔵のおかげでまだまだ長生きできそうだし、息子の嫁も見つけないといけないしね、とおばさんは電話で喜びを語っていた。

「それじゃあおばさん、手術が終わったらまたきます。今度はちゃんとお見舞いの品を持ってきますので」

後藤が立ち上がって元気よくいう。

「いいのよ。若いひとがたずねてくれるだけでうれしいから」

「いやあ、そんな」

とっとと行くぞ、とカイユは後藤の背中を軽く押した。

病院を出たふたりは急いで学校に戻る。

茜色《あかねいろ》に染まる空に、ムクドリの大群が細かい切紙細工のような模様を描いていた。吹奏楽部のメンバーに誤解されないうちに合流しないといけない。「すごいよね、平蔵って」「感動しちゃった」と後藤は興奮している。

犬はいまの状況だけを飲みこむ。素晴しい能力だと思う。人間のトラブル解決に置き換えれば、過去や風評など、目の前で起きている事実以外のことは持ち出さない。そんな平蔵のフェアネスな視点が、おばさんの命を救ったのだ。

「そうだな。僕たちも平蔵を見習わないと」

いい話でまとめようとすると、彼女から意外な反応が返ってきた。

「無理ですよ」

「え？」

「できないですって」

あっさりと白旗を上げようとする後藤に、カイユは反発を覚えた。

「無理なもんか」

「ええ。だって……」

後藤が立ちどまり、スマートフォンを取り出して操作をはじめる。なにかを検索している様子で、表示された画面をカイユに向け、はい、と渡して再び歩き出した。受け取ったカイユは眉間《みけん》に皺《しわ》を寄せたままスマートフォンを眺める。そこには次のように表示されていた。

がん探知犬の存在。犬の嗅覚《きゅうかく》は人間の十万倍以上。匂いを感知する細胞が、人間の場合は約五百万個、犬には約二億個もある。希《まれ》に犬はがん患者の呼吸に含まれるわずかな匂いから、胃がん、肺がん、乳がんなど、十八種類のがんをほぼ百パーセントで嗅《か》ぎ分けることがある。レントゲンでは見つけにくい小さながんさえも発見することができる。ただ現段階で、この匂いを出す化学物質を特定するまでには至っていないので、犬の神秘的な力だともいえる――

環世界……。日常と非日常の境界線が陽炎《かげろう》みたいに揺らいだ気がした。カイユはスマートフォンの画面から顔を離し、何度も目元を擦《こす》る。

踊るような歩調の後藤の後ろ姿を見つめた。

もしかしたら、こいつには本当にかなわないのかもしれない。思わず悪態をつきたくなったが、自然と口元がほころんでしまう。彼女のおかげでこの数日、学校や部活では味わえない体験ができたのだから。

風変わりな再会の集い

——芹澤直子×片桐圭介——

中学時代、演奏のヘルプを頼みにきた吹奏楽部の生徒がいた。二学年下の女子だから、三年生の私に一年生の彼女が直談判《じか》しに来た形になる。小学校を卒業したばかりの十二、三歳と、高校進学を控えた十五歳の差を想像してほしい。度胸あるな、と思ったのが最初の印象だった。

彼女がいうにはエスクラ（Ｅｓ管クラリネットの略）の先輩が楽器運搬の際に転んでしまい、トリルで使う指を亀裂骨折したらしい。どうやらその遠因が、深くは語らなかったが彼女にあるようだった。エスクラは花形楽器だし、部内で補充はできないの？　とたずねると、人数が足りないんです、と彼女は頭《こうべ》を深く垂れる。

彼女の担当はトランペットだという。蚊の鳴くくらいの唇の振動音を、たった一メートル三十センチ余りの管で、鋼鉄の咆哮《ほうこう》に変えてしまう楽器。

思い立ったらすぐ行動という無鉄砲さ。そして、熱意。吹奏楽部の部長や仲介者をすっ飛ばしてまで、自分で必死に代役を探そうとする姿勢は、ある意味、強烈な個のプロフェッショナリズムである音大生と同じ思考といえた。それは四年後に私が目指す姿だ。彼女は堰《せき》を切ったように話しだす。どこで噂を耳にしたのかわからないが、私を尊敬しているといった。自分はいまトランペットが楽しくてしようがない。ずっとやりつづけたい。専門的なことも勉強したい。熱心に、ときに一方的に喋《しゃべ》りつづける彼女の表情を見ると、まだ幼さが残って怖いもの知らずという目をしている。

その視線をはね返す力がなかった私は、顔を逸《そ》らして断わった。

彼女は食い下がり、私は冷たくあしらう。彼女はなかなかあきらめない。手ぶらで帰るわけにはいかない、という姿勢はますます音楽家向きだ。やがて言葉が尽きた彼女は、悄然《しょうぜん》と肩を落とし、私にとって余計なひと言をいってしまう。

はぁ、音楽のセンスがないし、深い話もできないわたしは、まだ先輩にお願いできる立場じゃないってことなんですね……

相手はまだ中一の生徒なのに、なぜ受け流さなかったのだろう。なぜムキになってしまったのだろう。気づくと彼女の肩に手を触れ、声を荒らげて叫んでいた。

私はセンスとか深いって言葉を平気で口にするひとが嫌い。

まず、深い話なんてこの世にない。

あるとすればおまえの頭の理解力の低さだ。恥を知れ。

センスって言葉はね、芸術方面で使われることが多いかもしれない。

生まれついたものなのよ。

あとからどうすることもできない遺伝子の問題なの。

遺伝子の褒め合いなんて、いまを頑張っている私たちに意味ないでしょ。あっぱっぱーな赤ちゃんに対して使うんならいいわ。あっぷっぷーな本能の言葉で返してくれるから、お互いに理解できなくても問題ないもん。

プロがインタビューでいっていたんだけど、自分の手足を動かす前にわかりやすいこたえを見つけそうになったら、たぶんそれ、先入観とか偏見だから。そんなものにふりまわされないひとだけが自分の夢を信じていいのよ。

――

いけない、この娘《こ》になんてことを……はっとした私は険相を慌てて解く。すでに遅かった。彼女はぽろぽろと涙を落とし、泣いて去っていった。

あのときのことを思い出すたびに私は赤面する。クラスに話し相手がいなくて、頭の中で発酵しまくっていたクラリネットの先生の受け売りの言葉を、いたいけな彼女に容赦なく浴びせてしまった。彼女は悪くない。私も中一のときはあんな感じだった。たった二年でこうも変わるなんて、まったく、どれだけ焦っていたんだか。

うじうじしてもしようがないので分析してみる。

音楽を小さい頃からはじめているひとは、先生とのマンツーマンのレッスンが当たり前のようにあり、言動が大人びたものになる。かつ、レッスン時間の半分が叱られるというケースが普通に存在し、指導を前向きに捉《とら》えなければやっていけない世界だ。

親にも怒られた経験がないひとから見れば異様に映るだろう。嫌な思いをしてまで我慢する必要なんてあるの？　という疑問はもっともだ。現に性格が合わなくて辞めたり、先生を頻繁に替える生徒もいるが、良くも悪くもクラシックの世界は因襲的で、いずれどんなひととも共演しなければならなくなるから、いまのうちに経験しなければツケをまわすことになる。このツケというのが馬鹿にならないらしい。

音楽芸術は個性のぶつかり合いだ。拒否反応や中傷に対する耐性は持っているので、相手にも同じものを求めてしまう。

もちろん全員がそうではないけれど、私はそうだった。

私は中一の少女に気を許した。歳なんて関係ない。この娘に通じてほしいと思った。世界最高峰のマスタークラスに小学生の天才が参加する苦難の世界だから。

あれからいろいろあって、私は南高吹奏楽部に居場所を見つけて籍を置いている。いまの私なら彼女になんて伝えるのだろう——そんな殊勝な考えごとばかりするようになっていた。

1

いつまでも、あると思うな親とカネ

上条春太

芹澤直子《なおこ》は部室の壁にある貼り紙を、彼女を特徴づける切れ長の目で眺めていた。筆ペンを使って達筆で書かれ、賞状や写真に交ざってこっそり画鋲《がびょう》でとめられている。以前、上条が部のスローガンを考えていたとき、「私にもつくって」と軽い気持ちで頼んだことがあった。日和《ひよ》らないよう自分に活を入れて欲しい、と。

その結果がこれだ。一番触れてほしくない部分をざっくり抉《えぐ》ってきた。

もう……

彼女はかすかに鼻にしわを寄せて不機嫌になる。今朝、自分の進路について父親と親子喧嘩《げんか》をしたことを思い出す文言でもあったからだ。

「今月もやさぐれていますね」

後藤が隣に立って一緒に眺める。気さくに声をかけてくれる貴重な後輩で、自分のことをいわれたかと思ってびっくりした。

「え。今月も？」

「先月は〈男には二種類しかいない。気の弱い男と、とても気の弱い男だ〉でした。なんでも河上《かわかみ》なんとかという方の名言らしくて」

胸のドキドキがおさまり、「そ、そうなんだ……」

「その前の月は、〈生きづらい世の中を生きる秘訣《ひけつ》を、生物部のカメに聞きたいです〉だったかな」

ただ単に、あの男が抱える苦悩をつらつらと書いているだけではないのか。

「わかった。あいつ、馬鹿なのね」

「いつも通り、成島《なるしま》先輩にすぐ剝《は》がされると思いますが」

後藤は長机の上にタオルを敷き、その上にマウスピースがくるようにバストロを置く。デリケートなスライドに荷重がかからないよう、マウスピースリム、ベルの縁、主管抜差管で重さを支え、いつでもつかめる状態にしてからケースを開いている。そういえば今日の練習で、耳だけではなく目でも楽しませてくれたのは、カイユのティンパニと彼女のバストロだ。

土曜の部活が終わったのは午後四時だった。午前中いっぱい基礎練に使って、昼に一時間の休憩を挟み、合奏終了後に解散。三年生が引退して部員は二十六人となったが、顧問の草壁先生にとってはひとりひとりの音がよく聞こえる人数だと思う。先生のきめ細やかな指導が行き届き、それが南高吹奏楽部の強みとして働いている。

クラリネットをケースにしまった芹澤は穂村を捜した。いつもは体当たりする勢いで一緒に帰ろうと誘ってくれるのに、練習が終わってから姿を見ない。

廊下に出ると、成島とマレンが歩いてきたので声をかけた。

「穂村さんは？」

成島は眼鏡の奥で瞬《まばた》きを二、三度くり返して、「さっき上条くんと一緒に、地学研究会のメンバーに連れていかれちゃったよ」

元引き籠《こ》もり生徒を率いる麻生《あそう》の姿が脳裏に浮かんだ。やや険のある美貌《びぼう》は、一部の男子の間に崇拝者に似たファンを生んでいる。正直、苦手な女子だ。

「カイユは？」

今度はマレンが首を後ろのほうにまわしてこたえる。

「檜山くんなら、まだ音楽室でアメ民（アメリカ民謡クラブの略。実態はハードロック、及びヘヴィメタルバンド同好会。部員は吹奏楽部と兼部状態）のみんなと一緒だけど」

男同士の話を邪魔しては悪いと思い、「そう……」と、芹澤はうつむいてこぼす。

「一緒に帰らない？」

成島が誘ってくれたが丁重に辞退した。

つい最近まで、自分は単独行動者だった。仲間と経験する憧《あこが》れ、嘆き、喜び、苦しみ――そんな酔いを共有することに慣れすぎてしまうのが怖い。

たまにはひとりで帰ろう。芹澤は昇降口で靴に履き替えて駐輪場に向かった。自転車の鍵《かぎ》を開け、スタンドを足で跳ね上げる。

暦の上ではもう秋になっていた。日没は早まり、うっすらと薄暮の色に染まりかけた家並みや街路樹に目をとめながらペダルを漕《こ》ぐ。

吹奏楽部に入部したあとも、週一のピアノと週二のクラリネットのレッスンは優先していた。最近先生が変わったばかりのピアノの個人レッスンは、今日の午後七時からなので中途半端に時間が余っている。

考えた末、自転車をUターンさせた。ペダルの足に力を込め、街の商店街の方向を目指す。穂村は練習で疲れ切っているにもかかわらず、商店街をうろうろして穴場の楽器店を発見したという。そんな冒険が、すこし羨《うらや》ましい。

無論、自分が吹奏楽部に入ったこと自体、大きな冒険だ。音大受験に部活の吹奏楽はあまり役に立たない。だから部活動に関してはコンクール前だけ出る形にしてもいい、とみんなは理解を示してくれるが、できる限り参加しようと思っている。

草壁先生は自分に対していう。脇目もふらず音楽の道を邁進《まいしん》することも、自己研鑽《けんさん》も尊いことだけど、音楽に固執しすぎた結果、困窮する者は大勢いる。夢を追うことは、ある意味、自分が思い描いた計算内のことなんだ。計算はいずれ打算になって、いつか破綻《はたん》する。音楽を捨てるわけでも、挫折《ざせつ》するわけでもない生き方を、きみは限られた時間を使って模索するんだ。

――それは、プロの道をあきらめろということですか。

――違う。

――先生。じゃあ、どうすればいいんですか。

――いまのうちから、視野を広げることだね。きみが公立高校を選択したことは間違っていないと思うよ。

――よく……わかりません。

――覚えておくといい。いつも一緒にいたひとが、ある日突然いなくなるときがある。

――え。

――普通だと思っていた現実が、突然変わるときもある。

――……。

――ある日、きみの利き手が動かなくなってしまった場合、知識があり、話がうまければ、教師や研究者になれる。僕は、舞台監督や作曲家になったひとを知っている。彼らは決して挫折していない。音楽の世界に立ちつづけているのだから。

草壁先生はそういって、自分がいままで読んだことのないジャンルの本を渡してくれた。どんな世界でもいえることだが、スポ根的なヒロイズムは危うい。近道ばかりでは想像力を失う、寄り道ばかりでは目的地を見失う。バランスを取って、これからの人生の大事な一面を感じてほしい。学校はそれを学ぶところだと。

心地よい風を額に受けながら自転車のペダルを漕ぐ。

いつの間にか、自分の好きな曲をハミングしていた。

広い路肩の県道を気楽にのんびりと走る。入り組んだ路地に移ると、庭のない二階建ての長屋のような小住宅が軒を連ねて、吹奏楽部で噂になっていた十年間店じまいセール中の布団店があった。思わずニヤリとしてしまう。

狭い道ぎりぎりに進入するトラックとすれ違う。運転しているのがカイユの父親だったので会釈した。トラックの車体には十円パンチによる傷がついている。

陽は翳《かげ》り、ひと通りがすくない道の向こうに薄暗い小さな店が見えた。平屋だが、街中でよく見かける自宅兼店舗の佇《たたず》まいだ。何十年もの歳月を経た茫漠《ぼうばく》とした光景に映り、芹澤は自転車のブレーキをかける。店先は自動販売機とアイスのショーケース、ガチャポンで彩られ、店内にはお菓子やおもちゃがごちゃごちゃと並んでいた。

彼女の目が、おでんののぼりに吸いこまれる。

なんだろう、あの店……？

まだ冬でもないのに街のあちこちでおでんが売られていることを思い出す。穂村とカイユはおでんの話になると盛り上がり、小さい頃はおやつ代わりに食べたといっていた。おやつ代わりにおでん？　その発想がわからない。ダシは真っ黒で、味噌《みそ》だれをつけるから、衛生面や、いつから煮込まれているのかを気にすることはないのだというう。ロハスでオーガニックなひとたちが聞いたら卒倒しそうな気がした。

店のほうから、ドスンッ、ガシャンッ、と結構大きな物音がしたので、芹澤は顔をしかめる。自転車のスタンドを立てて鍵をかけ、こぢんまりとした店内に足を踏み入れた。ひと通り視線をめぐらせる。二十円や三十円の値札がついた飴《あめ》やラムネやガムがプラスチック容器につまっていて、どれも身体に悪そうなお菓子に思えた。しかしこれらを食べて育ったはずの穂村は健康そのものだ。

空気は湿り気を含み、客はだれもいない。

ぶら下がっている裸電球を見上げると、照明は点《つ》いていない。

首を傾げていると、レジカウンター代わりと思えるショーケースの奥からだれかがぬっとあらわれた。ほつれた白髪、薄い眉《まゆ》と白目がちの目をしたお婆さんだった。頭頂から目に至るまでの空白感がなんとも印象的で、首の付け根のあたりをさすっている。薄茶色のスカートを穿《は》いていた。

芹澤は心のどこかがおどおどしているのを感じながら、「あ、あの。おでんは食べられるんですか？」と聞いてみた。

お婆さんの反応はない。

耳が遠いのかもしれないと、今度は大きな声を出してたずねる。

無言のままお婆さんは骨ばった指で外の方向をさした。もうお店を閉めるところだったのか……と芹澤があきらめて出ていこうとすると、進んだ先に、木蓋《きぶた》のついた四角い鍋《なべ》と、重ねた紙コップ、紙皿が置いてあった。

お婆さんが指さしたのはこれだったのかな、と汚れた貼り紙に目をとめる。

おでん三則。

一．串《くし》の数で精算。一本六十円。

二．煮玉子は自己申請。

三．味噌の二度漬けは禁止。

貼られてから随分時が経っているようで、消えかけた文字を判読すると、空襲のときも持って逃げた秘伝のダシらしい。他にやることがあったのではないか、という突っこみが頭の中に浮かんで消えた。

芹澤は躊躇《ちゅうちょ》するが、不覚にもお腹が鳴り、顔を赤くする。四角い鍋に近づいて木蓋を開けると、水滴が落ち、仕切り用の板の間に、串の刺さったおでんの具がつまっていた。味が芯《しん》まで染み渡っていそうな色合いだが、煮込みすぎて味が一周まわり、新たな境地に達している予感がする。なにより魚肉ソーセージがあることに驚いた。

お腹を壊さなそうな具材を吟味し、ちくわ、こんにゃく、魚肉ソーセージを紙皿の上に載せる。鍋の中には小さな陶器製の壺《つぼ》も入っていて、味噌だれっぽい液体で満たされていた。

店先にベンチがあったので腰かけ、通行人がいないことを確認して、串のままがぶりとやる。ダシが濃かったので塩辛いと思いきや、やわらかく、ほのかな甘味が舌の上で広がった。味噌だれをつけた部分を嚙《か》むと、さらに濃厚な甘味とコクがあり、身体がぽかぽかと温かくなる幸せな感覚がした。

黙々と食べた。結構いける。明日《あした》の部活で話のネタになるかもしれない。喧嘩《けんか》をした父親と顔を合わせたくないし、夕食はここで済ませようと、ナルトと黒はんぺんと厚揚げ、思い切って煮玉子のおかわりを決行した。

うぷ……。無理して食べてしまい、ポケットティッシュで口を拭《ふ》く。数えやすいよう串を揃えた紙皿を持ち、お婆さんのもとへと向かう。

「ごちそうさまでした」

また反応がないので、お婆さんの表情をうかがうと仏頂面をしていた。え？　怒っている？　もしかしたら自分は閉店間際におとずれた迷惑な客だったのでは？　一秒でも早く精算を済ませようと、煮玉子を食べたことを自己申請して財布を開く。しかし小銭がなく、札入れに一万円札が一枚入っているだけだった。

「あ、あの、すみません。こ、細かいのがなくて」

恐る恐る一万円札を出すと、まさかの舌打ちが返ってきたのでびっくりしてしまう。お婆さんは抑揚のない声でなにかを喋《しゃべ》ると、受け取った一万円札を握りしめて店からよぼよぼと出ていった。お釣りが足りなくて崩しにいったようなので、芹澤はひどく悪い行いをした気分になり、ショーケースのそばの丸椅子に座って縮こまる。

待てども待てども、お婆さんは戻ってこなかった。

2

芹澤が駄菓子屋から出るに出られなくなって一時間が経った。

「おばちゃん、おばちゃん、これちょうだい」

この制服が目に入らぬか、と芹澤は店にやってきた小学校低学年くらいの男の子たちを相手にしていた。手のひらの中で百円玉を汗で溶けそうなほど握りしめる彼らは、彼女を店番と誤解し、頑として引き下がりそうもない。私も客のひとりに見えないの？　本当に困り果てた。自分のせいでお婆さんは店を空けたわけだし、暗くなる前に彼らを帰してあげたい。代わりに対応したくても、レジらしきものは見当たらず、あるのは古ぼけたそろばんだけだった。

あれだよ、あれ、と男の子たちは棚にあるクッキー缶をいっせいに指さす。重めのそれを取り出し、錆《さ》びかけた蓋を開けると、大量の野球カードに交ざり、帳簿と小銭、そしてお札が六枚埋もれていた。これで精算ができる。さっそく携帯電話の電卓機能を操作して消費税を足した。すると男の子たちの間からブーイングが飛んだ。いつもは取らないらしい。無論彼女は、売り上げが一千万円以下の個人事業主は、消費税の納税義務が免除されることを知らない。

男の子たちをようやく帰したあとで、芹澤は丸椅子に腰かける。

ふう。

のろのろした動作で腕時計を見ると午後六時になろうとしている。ピアノのレッスンが気になったが、薄暗い店内にいるせいか、ゆるやかな坂を下っていくように、次第に眠気が頭を朦朧《もうろう》と包む。

音大受験のため、クラリネットの練習はもちろん、ピアノやソルフェージュや楽典など、一冊の辞書にも相当する分量、専門の基本を勉強している。それに加えて吹奏楽部の活動をしているのだから、疲れているのかもしれない。

うつらうつらとしながら、夢とも現実ともわからない境界を彷徨《さまよ》う。一時の白昼夢に耽《ふけ》るのが、小さい頃からの遊びのひとつだった。幼なじみのカイユがいなかったら完全に孤立していた。

クラリネットを習いはじめたとき、楽譜をコピーして先生に張り飛ばされたことがあった。知的財産であることはさておいても、本の形で持たないと、いずれは散逸してしまうからだ。くどいほどの質問をしたり、わからないことを深追いしすぎれば、嫌な生徒と思われる。真の音楽家と尊敬できる奏者と運よく出会えても、自己を脅かす生徒など持たないし、教えない。

「……い」

なぜだろう。どこかの国での遠い過去の出来事のように思い出している。

「……おぉい」

不思議だ。最近よく眠れるようになった。その代わり、ひとりでいると寂しさがしんしんと身体にしみ込んでくる。

「おーい。芹澤。なんだ？　泣きそうな顔になって。飴《あめ》でも落としたのか」

からかうような声が彼女を白昼夢から引き戻す。不意に、どこにいるのか、わからなくなっていた。空気の不快な揺れのような気配を感じ、丸椅子に座ったまま顔を上げる。

吹奏楽部の元部長の片桐圭介《かたぎりけいすけ》が立っていたので、野生の猫並の機敏さで身構える。引退した彼と会うのは文化祭以来だ。できれば顔を合わせたくない南高生徒のひとりだった。私服姿で肩にショルダーバッグをかけた彼は、チェリオと印字された瓶ジュースを握りしめている。

「か、片桐部長」声が半音うわずった。

「おいおい、その呼び方はやめろって。俺はもう部長じゃないんだから。先輩でいいよ、先輩で」

「せ……」といいかけ、面白くない芹澤は鞄《かばん》から年季の入った辞書を急いで取り出し、ページをぱらぱらとめくって調べる。「新明解国語辞典《新解さん》の狭義だと、同じ分野で優れた業績をあげているひとの敬称とあるんですが……」

「相手が俺じゃなかったら、いまの発言で上級生はみんなショック死しているぞ」

「片桐先輩」

彼は忌ま忌ましそうな顔をして、「うむ。今日からうれしくなくなったな」

「どうしてここに？」

「俺は客で、図書館帰りに寄ったところなんだが」

「図書館？」

「勉強だよ」

「勉強？」

「受験生だからだよ」

「え？ 大学行くんですか？」この男の進路は、荒廃したデフレスパイラルの世の中で旅芸人をやっていくものばかりだと思っていた。

「芹澤。その目だ。俺レベルになるとなあ、おまえのいいたいことは目でわかるんだぞ。やっぱり卒業前までに決着をつけなきゃならないようだな」

「……」

「おまえいま、舌打ちしただろ」

片桐は芹澤の挑発にのらずに、ショーケースの奥のほうをのぞきこむ。彼は「おばちゃーん」と叫んだ。瓶ジュースを買うために、店主を呼んでいるのだとわかった。

「え？　おばちゃん？」

「年寄り扱いすると怒るんだよ。八十過ぎても市民スポーツ大会に毎年参加して、関係者をひやひやさせているくらいだから。ほら、あれ見ろ」

片桐が指さす方向を眺めると、壁に古びた書道用紙が画鋲《がびょう》で貼り付けてあり、墨と筆でなにやら書かれている。


ひとは老人になるよりも、老人にさせられる

まただ。今日はやたらとこんな大仰な貼り紙を目にするので、彼女は苦々しい顔つきになる。なにか不吉なことが起こる前兆か、はたまた暗喩《あんゆ》なのかと疑う。

とりあえず文面をよく読んだ。心の底で願うのは勝手だが、自分はまだまだ老人じゃない、と言い張られるのは社会にとって停滞を起こすし、迷惑ではないのか。

「……お婆さんならいないわよ」

「どうしてだ？」

駄菓子屋から出るに出られなくなった事情を話した。一万円札を出したのか、と片

桐に呆《あき》れられたので、むっとする。彼は財布から出した小銭をショーケースの上に置くと、瓶ジュースをぐびぐびと飲みはじめた。緑色の液体が瓶の中で躍っている。

「なんで子供たちに店番と間違われたんだろう」

薄暗く陰鬱《いんうつ》な店内で、縮こまった芹澤はひとりごちた。

「二年の麻生が入り浸っているからだろ。地学研究会の部員たちも、交代で甲斐甲斐《かいがい》しくおばちゃんの手伝いをしているらしいし」

また麻生とその仲間たちか。居場所探しにかけては才能がある連中だ。

「もう閉店時間じゃないの？」

「いつもはまだだよ。おばちゃんはここでひとり暮らししているから、結構遅くまでやってる」

「そうなんだ」

「電気くらい点《つ》けて待っていればいいのに」と、片桐が瓶をくわえたままいう。

「勝手に点けていいの？　お婆さんがわざわざ……」

「わざわざ？」

「エコかな、と思って」

「エゴだよ」

片桐は電灯のスイッチを探し出して勝手に押した。店内がチカチカと点滅し、裸電球の明かりが広がる。

彼の一連の行動を鑑《かんが》みる限り常連だ。間違いない。そうとわかれば話が早かった。

「私の代わりに店番をして、一万円のお釣りをもらっていただけませんか？　月曜日に学校で回収しますので」

丸椅子から立ち上がり、帰り支度をして出ていこうとする。待て、と背後から制服の襟をつかまれ、ぐえ、と呻《うめ》く。穂村みたいな雑な扱いを受けた。見ると、片桐がすこし怒った表情を浮かべている。

「先輩だろうが友だちだろうが、金を預けるのはよくないぞ。だいいちそんな大金、俺がなくしたらどうするんだ」

「片桐先輩はそんなヘマはしませんよね」

「俺はいいよ。でもおまえ、相手が穂村や成島でも同じことをお願いするのか？」

ふたりの顔が浮かんだ芹澤は肩を落とし、すごすごと丸椅子のところに戻って座り直す。一生つづくお金との付き合い方を片桐にたしなめられた気がして、軽くへこんだ。

彼女は茎の折れたひまわりのように頭を深く垂れたまま、「……ピアノのレッスン」と恨み節のようにつぶやく。

「レッスン？　何時からだ？」片桐は面倒臭い人間を相手にする素振りで、腕時計を袖口《そでぐち》から出した。

「七時」

「間に合うのか?」

「もうここを出ないと無理……」

吐息がもれて、事情が事情だけに休んだほうがいいんじゃないのか、と非情な声が届く。

仕方なく芹澤は鞄から携帯電話を取り出して連絡する。先生に自分の姿が見えるわけでもないのに携帯電話を握ったままペコペコと頭を下げて謝った。日時の変更を無理してねじこみ、通話を切る直前まで謝罪の言葉をくり返した。

彼女の平身低頭ぶりを、片桐がきょとんとした顔つきで眺めている。

「ピアノって音大受験の副科だろ? 一日くらいキャンセルじゃ駄目なのか?」

「わかってないわね。レッスンしてくれる先生は生活がかかっているのよ」

「……」

「え? なに? いま、舌打ちが聞こえたんだけど」

「おまえら音楽家の卵って、そんなことまで気をまわして生きているのか」

それじゃあ疲れるだろ、老けるだろ、と責められた気がしたので、芹澤は頬を膨らませ、憎まれ口のギアを上げる。

「この超絶カスが。一秒以内に失せろ」

誤ってギアをトップに入れてしまった。いきなり失せろはないよね、と思い直し、空咳《からせき》をしてギアを一段落とす。

「ひざまずけ豚野郎」

たいして変わらなかったので、ギアをもう二段ほど落としてみる。

「い、いつまでここにいるつもりなのよ」

ようやく森の中で言葉が通じる人間と出会えたように、片桐は大きく、深々と息を吐き出した。飲み干した瓶をショーケースの上に置き、そのまま片肘《かたひじ》をついて喋《しゃべ》る。

「実はここに来る途中、商店街のおばさんたちから妙な話を聞いてな」

「妙な話？」

「なんというか、ここ数日、金庫破りがあちこちで起きているようで」

金庫破り。静かな笑いが込み上げてきた。次元《じげん》、開いたぞ、というアレですか。アニメや映画の世界じゃあるまいし、甚《はなは》だおかしい。だいたい……

「いっちゃ悪いけど、こんなお店に、狙われるような金庫なんてあるわけないじゃないの」

独断と偏見だ。しかし、一万円札でさえ崩せないのだ。

「金庫は金庫でも、おまえが思っている金庫とは違うんだよなあ」

そのいい方に、芹澤は眉宇《びう》に険悪なものを滲《にじ》ませる。「なにが違うのよ」

「じゃあ聞くが、金庫の定義ってなんだ？」

考えるまでもなかった。「お金が入っている鉄の箱。もちろん鍵《かぎ》つき」

「まあ、おおむねそんなものでいいよ。お金の入った頑丈な鉄の箱が、日本のそこら中にあって、雨風にさらされたりもする。ひとがそばにいるわけでもなく、監視されてもいない――」

なぞなぞに思えた。金庫だらけ？　いつから日本はそうなったのか。何度頭を捻《ひね》ってもわからないまま時が過ぎ、時間切れといいたげに片桐は外のほうを指さす。店先に自動販売機があった。「じゃあな」と身体を翻した彼の服を、芹澤は慌ててつかんで引き留める。

「待って待って待って待って」

「なん、なんだよ」

「はじめから自販機荒らしっていいなさいよ」

「俺だって商店街のおばさんたちに同じように突っこんだんだよ」

「やだやだ」芹澤の顔が青ざめた。「リアルに物騒じゃないの」

肩越しにふり返った片桐は、服を引っ張られたままの状態で腕組みをする。

「昔から世話になっている駄菓子屋のおばちゃんにも教えてやろうと思ってさ、こうして寄ったわけだ。来る途中に発明部の萩本《はぎもと》に電話してみたら、防犯ブザー用の単一乾電池を交換するだけでだいぶマシになるらしい。大概は入れっぱなしで腐食しているっていうからな。……まあ、おばちゃんがいないんだったらしょうがない。いまのを俺の代わりに伝えてくれ」

「私が忘れちゃったらどうするのよ」

「芹澤こそ、そんなヘマはしないよな」

片桐がやけに楽しそうなので、うぬぬ、と喉《のど》の奥で呻きそうになる。彼が戻ってきてくれたのでほっとするが、同時に歯《は》嚙《が》みもした。なんだかよくわからない苛立《いらだ》たしさが、目の前の男の喉笛《のどぶえ》を、野生動物みたいに食らいつきたい衝動に駆り立てる。

片桐はどこからともなく丸椅子を引っ張ってきた。ショルダーバッグからノートとペンケースを取り出すので、芹澤は身を引いて警戒の色を示した。

「……な、なによ」

「ちょうどいい機会だ。時間つぶしがてら、おまえに聞きたいことがある」

「私に？　嫌よ」

「帰ろうかな」

「いまここであんたの頭をカチ割って、私も折り重なって死ぬ」

「なんなんだ、なんなんだよ、おまえは」片桐は悲鳴に近い叫び声をあげた。「俺の身近に音大進学を夢見ているやつがいて、いろいろ参考にしたいんだよ」

芹澤は姿勢を正し、「……後輩？」と慎重な声音でたずねる。

「まだ中学三年生」

一瞬嫌な予感がよぎったが、早合点かもしれない、と思い直す。

先輩風吹かせて受験指南した結果、自分は希望通りの音大に行けずに相手が合格を果たしてしまうケースもなくはない。もしそうなったら惨めだ。

逡巡《しゅんじゅん》したが、ひとりでいたくないので、彼の相談に付き合うことに決めた。共感したり、情が生まれないよう、他人事《ひとごと》だと考えれば気が楽だ。ここはひとつ、お婆さんが戻ってくるまで時間稼ぎをしよう。決して逃がすまい。

3

芹澤が駄菓子屋から出るに出られなくなって二時間が経った。

片桐はシャーペンを指の間でくるくるまわし、芹澤の膝《ひざ》の上には、お供え物のように彼が買い上げたうまい棒が五本置かれていた。

「まずさっきも触れたけど、ピアノ問題だ」

「……ピアノ問題？」彼がいきなり大仰なことをいい出すので面喰《めんく》らう。

「ピアノ科以外の学科でも、受験に必要だろ?」

「そこから?」びっくりした。「当たり前じゃない。ピアノはすべての専攻の基礎にも繋《つな》がるんだから」

「あいつは、その当たり前がわからないんだ。まあ、納得してないというか」

片桐は困った顔をしていた。小学生の頃から惰性でピアノをやっているんだけどさ、絶対音感なんてないし、苦労するのが目に見えているんだよなあ……と嘆いている。

ああ、そうか、と芹澤は質問の要点を理解して、アドバイスすべきことを頭の中で組み立てる。簡単ではないのだが。

「うーん、奏者になるんだったら絶対音感なんていらないんじゃない?」

「え、そうなのか」

「救急車が来たら、その音はシソシソだよね、って口走れる能力だよ」

「……確かに、いわれてみれば変人のような特殊能力だな」

「変人は余計よ。でも基準の音さえわかっていればなんとかなるの」

「その基準の音をつくるのが難しいじゃないか」

片桐は管楽器をイメージしているようだ。間違っていない。確かに奏者の勘に頼るところが大きい。

「私、体育館で一年生のチューニングを手伝ってあげたときあったよね」

「なに使っていた？」

「ああ」

片桐の表情に理解の色が浮かぶ。「ピアノだ」

「そう。ピアノって鍵盤《けんばん》を押しただけでいつも同じ高さの音が出る便利な楽器なの。だから音楽家はピアノの勉強をする。絶対音感より、絶対音高なのよ。それにピアノは音楽の三要素――旋律《メロディー》、リズム、和音《ハーモニー》を同時に表現できる万能の楽器でもあるのよ。ピアノのある家からは音楽家が育ちやすいの。楽器の中でも特別だと思って」

出来の悪い生徒に教え諭すように説明した。片桐は素直にうなずきながらメモを取っている。芹澤はちょっとだけ胸をすっとさせて、うまい棒のめんたい味をかじった。上条とカイユがペーパーナイフで縦に切って分け合うところを密《ひそ》かに目撃したお菓子だ。癖になりそうな美味《うま》さに驚く。

片桐の質問はつづいた。「じゃあ次。高校進学問題」

「高校進学問題……」いちいち太仰だなあ、とうまい棒をもぐもぐと咀嚼《そしゃく》しながら、彼女は先を促す眼差《まなざ》しを向ける。

「ほら、全国には音楽芸術科のある高校や、音楽系の専門学校があるだろ？」

「あるわね」

「音大を目指すなら、それ、近道なのか？」

「寮や下宿生活をするつもりなら、近道だと思うけど……」すくなくとも一日六時間以上は演奏の練習ができる環境だから、進学に有利に働くはずだ。

「一般論でそれはわかる。じゃあ、なんでおまえは行かなかったんだよ」

芹澤は秘密の扉を閉めるようにまぶたを下ろす。「南高が家から近い。それだけ」

「嘘だな」

彼女は目を開いた。なんでこんな男に、自分の心を見透かされなければならないのか。裸を見られることに等しい。眉《まゆ》をきりっと上げ、「……嘘ですって？」

「俺はな、おまえから本音のアドバイスを聞きたいんだ」

「だから行く価値はあるって。環境は素晴しいし、優秀な先生はつくし、目標をともにする仲間もできる。しかもその仲間のレベルも意識も高い」早口でいった。

「なおさらおまえが選ばなかった理由がわからない」

芹澤は黙りこむ。一瞬彼の向こうに、音大進学を夢見る人物の影がぼんやりと重なった気がした。間を置いて、ふうっと唇からため息を逃す。今日はどうかしている。カイユや穂村や成島にもいわなかったことを、目の前のどうでもいい霊長類に喋《しゃべ》る気分になった。

「怖かったのよ」

「怖い？」

「秀才の墓場」

「え」

「野菜は一度ぬか漬けになっちゃうと、もう二度と新鮮な野菜に戻れないの」

直接的にはいわなかった。理解されたらたまらない。片桐は目をしばたたいて芹澤を見すえる。……なんとなくだけど伝わったよ、と彼は声を落としていい、ノートにペン先を走らせた。一言一句も漏らさないよう熱心に書き留めている姿だった。

芹澤は待つ。やがて片桐は顔を上げた。

「技術論を聞くのはやめたほうがいいよな？」

「私に聞くのはお門違いよ。だいたい、又聞きで伝える内容じゃないし、そういうのは然るべき指導者から学んだほうがいいから」

「じゃあ根性論というか、精神論というか、なんというか……」

「つづけるコツ？」

「それだ、それだ」片桐は威勢のいい声を発した。「気持ちが折れないようにするにはどうすればいい？」

「この間、生まれてはじめて勇気を出してマックに行ったんだけど、隣の席で高校生のカップルがポテトを食べさせ合う光景を見て、私の心は折れたわよ」

「いや……。そういうおまえの不憫《ふびん》さじゃなくて」

芹澤は探りを入れる目つきになる。「そのひと、まわりから反対されているの？」

片桐が口籠《くちご》もるので、彼女は詮索《せんさく》せずに先をつづけた。

「馬鹿になって。そう伝えて」

「馬鹿だと？」彼の頓狂《とんきょう》な声が響く。

「醜い利口になるよりは、きれいな馬鹿で生きてやるって、古い歌があることをいまのピアノの先生が教えてくれたのよ。無冠の秀才より、勲章を持つ馬鹿のほうがいいって。あり得ないことを実現するなら、世界の平和を願う小学生くらいに純粋な馬鹿にならないと駄目だって」

片桐は困惑しつつも、神妙な顔つきをして唸《うな》っている。「何者なんだ？　おまえのピアノの先生は」

「南高のOBで、ちょっと変わり者。ついこの間からなのよ。前の先生の紹介で」

耳のことがあり、前のクラリネットの先生もピアノの先生も自分の担当から外れてしまった。最初はショックだった。

「卒業生か」

「うん。草壁先生と似ていて、音楽とは関係のない話をよくしてくれるの。そのひとが勧めてくれたのが植村直己《うえむらなおみ》の『青春を山に賭《か》けて』って本で、試しに読んでみたら、こんな型破りなことをするようなひとじゃないと偉業は達成できないってすごさがわかった。とにかく日本を出ることだ、英語ができない、フランス語ができないなどといっていたら、一生外国には行けないって書いてあるけど、その通りだと思う。本を読んで味わった疑似体験の中ではマイベスト級」

片桐は律義にメモをとりながら、「面白そうだな」

「反面教師はウィーダの『フランダースの犬』って教わったわ。あれを読んで感動するひとは音楽家や芸術家にむかない。なんでネロはコゼツに自分の絵を銀貨一枚で売らなかったのか理解できない。すこしも恥ずかしいことじゃないのに」

「……おまえにはあれに涙する日本人のシャイな美学がわからないんだよ」

「ネロはもう十五歳よ。絵描きになるんじゃなくて、気取った結果として、自分にもまわりにも不幸を撒《ま》き散らして死んでしまうの（クリエイター志望者に対する教訓）」

「……あのな、ネロにとって絵は作品なんだ。商品じゃないんだ。これ以上、あの子を責めないでやってくれよ（クリエイター志望者の血を吐くような言い分）」

「せめて、パトラッシュは生きていてほしかったわ」

「そこに異論はない」

ふたりはしみじみとした息を吐き出す。

「いまからいう馬鹿を悪い意味でとらないでね。私、気取らない馬鹿が好き。頭より先に、できるところから手足を動かしはじめる馬鹿が好き。熱くて、疲れ知らずで、いつも興奮して、目が離せない馬鹿が大好き」

シャーペンを持つ片桐の手がとまる。だれかを想像したようだった。

「……そういや部内に、世界の平和を純粋に願っているようなやつがひとりいるな。世界の平和より先にフルート吹けよ、って感じの」

うん、と芹澤は目元をゆるませてうなずく。「だからあの娘は、解答不能な問題によく直面するの。難問と対面して落ちこむほど悩むんだけど、必ずそばにいる親友が助けてくれる。私にはそれが、すごく羨《うらや》ましい」

片桐はおもむろにノートをぱたっと閉じた。「おまえ、変わったな」

「え」

「いつもなにかに腹を立てていて、困っている人間を問い詰めにかかるようなやつだったけど、だいぶマシになった」

自分はそんなふうに見られていたのか。昔から考えていることは、できるだけ口に出すようにしていた。思いは意外と伝わらないから。

「な、なによ」

「ありがとう。……さくらに伝えておく」

「やっぱり」

途中から予感は確信に変わっていた。片桐さくら。いまでも形を変えて、ときどき夢の中に出てくる少女だ。彼女の兄という理由だけで、片桐のことを避けてきた。

片桐は芹澤を睨《にら》みつけて、「おまえに泣かされて帰ってきた妹だけどな」

ちょっ、ちょっ、と芹澤は慌てて顔の前で手をふった。「誤解してない？　あの娘、私のことをなんて喋っているの？」

「おまえにどういわれたかってことか？」

「うん、まあ」と恥ずかしそうに身をよじらせる。自分の黒歴史のひとつだが、あれでも言葉を尽くしたのだ。断片だけでも受け取って、その後の彼女の血肉になっていれば本望だし、雨降って地固まる、という淡い期待もあった。

『嫌い』とか『恥を知れ』とか、挙げ句には『あっぷっぷー』とかなんとか」

芹澤は目まいに耐えるように片手を額に当てて、「いや、そうはいったんだけど」

「昔は狂犬みたいな女だったよな、おまえは」

もう我慢できない。彼女は丸椅子から立ち上がり、彼に食ってかかった。

「さくらって、伝言ゲームができない筋金入りのアホでしょ！」

「妹にアホとはなんだ、アホとは！『お兄ちゃん、爆弾持ってきて。あの先輩を殺して私も死ぬ』って、家で泣きじゃくっていたんだぞ！」

「どうせ私はぁ、ひとを傷つけないとぉ、喋れない駄目人間ですからぁ」

半ばやけくそになって叫び返した。

「わかった、わかった。俺が悪かった。な？　落ち着けよ」

芹澤は口をすぼめ、店の床に落ちたうまい棒を拾う。こんなだから自分はかわいく思われなくて、嫌われてしまうのかと自省し、ちらっと上目になった。やはり彼との間に大きく横たわっている誤解は解かなければならない。

「……あの、片桐先輩」

「なんだ？」

「私の話したことの三パーセントも、さくらに伝わっていませんが」

「だろうな。でも仕方ない。トランペットの超高音の振動が、マウスピースから頭蓋《ずがい》骨《こつ》に伝わって脳みそをビリビリ震わせるんだ。さくらが抜けた性格になったのは全部トランペットのせいだ。あいつは悪くない」

「全国のトランペット奏者に謝れ」

芹澤は拾ったうまい棒を投げ、片桐が胸の前でキャッチする。彼はうまい棒を握り、足を上げて太腿《ふともも》に打ちつけて、スポーン、と包装から中身を出して口にくわえた。楽しみに取っておいたチーズ味だった。ああ、と彼女は手を伸ばす。

「ほふぁ《まぁ》ほふぁはぁへひゃ《話を戻すとだな》……」

「もっと美味《おい》しそうに食べてから喋《しゃべ》りなさいよ」

「まあ、話を戻すとだな、まだ先のことだけど、片桐家の末っ子のさくらは音大進学を夢見ているわけだ。どうしたらいい？」

恨めしい表情のまま、なんとか気を取り直した芹澤は、丸椅子に座り直す。「両親はなんて？」

「親父は『そんな金はない』って反対している。口論が増えて会話が減った」

資産家の子女でない限り、お決まりのパターンだった。「そう……」

「家の中で俺だけが賛成だが」

「無責任極まりないわね」

「最近実感しているんだけどさ」と、片桐は伸びをしてつづけた。「高校生活って俺が思っていたより早く終わりそうなんだよ。だから自分の好きな道に費やしたほうが健康的じゃないか」そして最後に、「道は険しいだろうけど」と重く付け足す。

芹澤は肯定も否定もしなかった。彼女は知り合いのプロ奏者から嫌というほど苦労話を聞いている。運良く夢が叶《かな》ったとしても音楽はきつい。類《たぐい》まれな才能の持ち主でも、時代がふり向いてくれないと意味がない――と。

「来年は南高に入学するんでしょ？」

「たぶんそうなる」

「……あの娘、中学の吹奏楽部では部長になったんだよね」

片桐は眉《まゆ》をすこし顰《ひそ》める。「なんでそこまで知っているんだ？」

芹澤はあたふたして、「こ、この間話していたじゃん」

「そうだっけ？」

「話した話した」彼女は彼の疑問を強引に圧殺した。

「まあいいや。あいつ、高校で吹奏楽部をつづけるかどうかで迷っているんだ」

追及の矛先をそらしたのはよかったが、思いがけない方向に話題が進んでしまい、芹澤は呻《うめ》きそうになる。

「それは迷うまでも……」いいかけて、みなまでいえなかった。吹奏楽に用いられている楽器の多くが、独奏よりも合奏の分野に需要があり、全員での練習は欠かせない。しかし音楽の勉強を極めるためには、指導者と一対一で学ばなければならないことのほうが多すぎる。すでに苛烈《かれつ》な音楽教育を受けて素養のある自分でさえ、入部を躊躇《ちゅうちょ》したくらいだ。

芹澤は目を伏せた。片桐の妹の入部を楽しみにしている穂村の顔が一瞬浮かぶ。ごめん――と心の中で謝ってから、再び口を開いた。

「どうしても部活動をしなくちゃいけないなら、拘束時間が短い合唱部を勧める」

片桐は頭《こうべ》を垂れ、深く腕組みする。

「やっぱり吹奏楽部をつづけるのは無理があるのか」

「今年の新入生の部活紹介で、合唱部がすごくいいことといっていた」

「なんだっけ？」

「合唱は、自分たちのいま歌っている音楽は美しいのだろうかっていう対話なのよ。ある意味、音楽の美意識に特化している。楽器を使わないから、それだけ感情を直接表現することができるし、なによりピアノのそばにいられる。無駄にならない」

「それをいっちゃあ、吹奏楽部だって音楽と濃厚な時間を過ごせるぞ」

芹澤は黙りこむ。返事に窮していたというよりは、伝えなければならないことがはっきりしすぎていて、その言葉を出す決断に時間を要した。

「中学の吹奏楽部は、楽器との出会いという点で意味はあるの。でも音大を本気で目指すなら、高校の吹奏楽は避けたほうがいいことはわかっているでしょ？　楽譜はコンデンス・スコアで不完全だし、スコア・リーディングができるひとも、広範囲の音楽の力を持っているひともいない。三年次のコンクールが終わってから楽器以外の勉強をはじめたって遅いの」

わざと突き放すように専門用語を交ぜて説明した。

「両立できないのか？」

「小さい頃から厳しいレッスンを受けてきて、人並みに遊べないで、音楽に人生のすべてをかけることになんの迷いもなくて、まわりから穀《ごく》つぶしといわれる覚悟のある大勢の現役とガチンコ勝負する気があるなら」

「ライバルがだれだろうと、チャレンジしてみなきゃ、わからないだろ」

「南高ってコンクールでチャイコフスキーやったよね」

「あ、ああ……」

「私より二歳下のクラリネットのプロ志望の子が、『ロシア貴族の悠々たる時の流れを表現して』というアドバイスを受けて、演奏をすぐ修正したのを見たことがある」

片桐は丸椅子に座ったまま、わずかに後方にのけぞり、目を見開いている。

クラリネットはまだましだった。トランペットにはジャズの領域があり、一歩でも踏みこんでしまうと、アメリカ黒人ミュージシャンとの圧倒的な距離感に絶望する。

「そんなすごいやつがごろごろいるのか」

早熟型には欠点がある。努力の仕方がわからない。それを話し出すと深みにはまるので、芹澤は謝った。「……ごめんなさい。またいいすぎた」

「いや、いい。そういえばおまえって、元はアンチ吹奏楽部だったんだよな」

うん、と芹澤は素直に認めた。「でも誤解している」

「誤解？」

「私が吹奏楽部を避けてきたのは、もっと違う理由があったの。いまだから喋るけど、私にとって吹奏楽部は最低の部活だった。すくなくとも、そういう印象があった」

最低という言葉に、片桐は息を呑《の》んで芹澤を見つめる。芹澤は自分の中の膿《うみ》を全部絞り出したくてつづけた。

「私、高校の吹奏楽部出身のひとと何人も会ってきたけど、みんな記憶はあやふやで、だれも楽しい思い出話を語ろうとしない。仲間意識が強そうに見えて、卒業後はお互い避けるように集まろうとしないし、なにより楽器にいっさいさわらなくなる。たまたまそのひとたちだけだったかもしれないけど、こんな部活ってある？　と思った」

黙って聞く片桐は、思考に沈む表情をした。言葉が詰まる仕草を見せたあと、「まあ、強豪校だと、『あの日に戻れるなら、吹奏楽はぜったいにやらない』というOGやOBがいるみたいだけど、全員がそうじゃない」

「わかってる」

「俺から見れば、音楽家を目指す連中って、自意識過剰というか、ナチュラルに失礼なやつが多い」

「私はそういわれても仕方ないけど、みんながそうじゃないわ」

「だよな」

彼のいいたいことがわかり、「……うん」

「純粋に音楽が好きで、余計なまわり道まで楽しんでいるやつらだっている」

「……本当に、そうね」芹澤はうつむいた。長い間、自分の中で格闘してきたものが、ゆっくりと溶け出していく感覚がしたのは今年の春からだった。

「俺は満足しているぞ。これから一生、トランペットの音が生活の中に入っていくだろうしな」

「……うん」彼と話すことで、気持ちの重さがだいぶ減った気がした。

「半年間だ」

「え？」と、彼女は顔を上げる。

「三年生になったおまえが、さくらの面倒をみてやってくれないか。後ろ姿を見せてやるだけでいい。頼むよ」

頼むといわれ、その意味を理解した芹澤は、「私が？」と戸惑う。

「マレンや成島には荷が重い。おまえがいいんだよ。俺がおまえとここで会えたことと同じでさ、あいつにも巡り合わせの運があった」

予想外の方向へ話が流れている。いや、彼は最初から、卒業後の唯一の心配事——末っ子の妹を頼むと、ただそれだけを自分に伝えたかったのではないか。

手品みたいな成り行きに驚きを覚えた。

片桐はひざに両手をついて深々と頭を下げている。

やめてよ。芹澤はしばらくこたえを返せなかった。長い沈黙のあと、ようやく口を開くことができた。

「夢を……あきらめることになっちゃってもいいの？」

「もうあいつの問題だよ。仮にあきらめるとしてもさ、一生懸命あきらめられる夢があるだけマシじゃないか。俺が十五歳のときなんて、たいした夢はなかったぞ」

もしかしたら自分は、このひとのことをいろいろと誤解していたのかもしれない。

芹澤は結実した思いを胸に、まっすぐ彼の顔を見つめ返す。

「……あの娘《こ》、私が南高の吹奏楽部に入部したことを知っているのね」

「いや、知らんよ。俺、教えてないし、教えるつもりもないし。だって大変なことになるから」

目の前で快活に喋《しゃべ》る彼に、「大変って？」と彼女は瞬《まばた》きを多くした。

「しようがないだろ。おまえの名前を出すだけで、ぴいぴい泣き叫ぶんだから」

「入学したあとにびっくりさせてどうするのよ！」

「爆弾処理班に穂村がいるからだいじょうぶだろ！　全部俺の計算済みなんだよ！」

芹澤は丸椅子からゆらりと立ち上がると、片桐の胸倉をぐいとつかんで力任せに引き寄せる。「おい。蓋《ふた》を開けてみれば、ただ単に面倒臭い妹を私に押しつけたいだけだったのか？　ん？　いっぺん死ぬか？　おまえのキン○○を職員室のシュレッダーにかけてやろうか？　みんなの娯楽のために、そうして悶《もだ》え死んだほうがいいんじゃないのか？」

「……芹澤さま、○○タマを裁断されるのは怖いんですけど」片桐は急にしおらしい表情を浮かべて、ごくりと唾《つば》を飲む。

「私が真剣に話した時間を返せ。いますぐ。さあ」

「おいおい、なにをいっているんだか」

くっ。駄目だ。油を塗ったこんにゃくみたいなこいつとふたりきりでいると頭の芯《しん》から腐りそうになる。眉間《みけん》に皺《しわ》を寄せたり、こめかみに血管を浮かべたり、だんだんこの男と話すのが疲れてきた。

4

芹澤が駄菓子屋から出るに出られなくなって三時間が経った。

一向にお婆さんが戻ってこないまま、時計の針はまもなく午後八時をさそうとしている。ぽつんと明かりが灯《とも》った駄菓子屋の店内で、芹澤と片桐はなんとも表現のしようのないばつの悪さに顔をゆがめていた。彼がお金を払って食べ終えたうまい棒やヤングドーナツの袋とともに、重苦しい空気がふたりを包みこむ。

芹澤は気もそぞろという感じでおざなりに片桐を見た。やがて緊迫したような調子を込めて、「ねえ」と沈黙の殻を破った。

「なんだ？」

「お婆さん、こんな時間まで戻ってこないなんておかしいよ。もしかして事故とかに遭ったんじゃ……」

喋りながら芹澤は片桐に聞こえないよう深呼吸をした。お婆さんの行き先はわかりようもないが、戻ってこない理由ならいくらでも不穏な想像ができる。いまになってぴりっとした緊張を首筋に感じ、自分のせいかもしれないと感じて焦った。

「それなら俺も考えたよ」

「考えた？」

「もしそうなった場合、おばちゃんの知り合いか近所のだれかが様子を見にくるかもしれないと思って、こうして待機というか、待っているわけだ。ひとり暮らしの家を空けっぱなしにするわけにはいかないしな」

家といわれ、芹澤はショーケースの奥に目をやった。狭い三和土《たたき》があり、引き戸がすこし開いている。自宅兼店舗なので、その先の暗がりに居室かなにかがあるのだ。

芹澤はなにかを決意したように唇をきゅっと締め、目から不安の色を消した。「私、お婆さんを捜しにいく」

「やめとけ」

「どうして？」

「ここ数日、夜中に自販機荒らしがつづいているっていうことは、いま外は物騒かもしれないぞ」

「私、レッスンで帰りが遅くなることあるけど、危険な目に遭ったことないよ?」

「用心に越したことはないだろ」

「じゃあ、あんたがお婆さんを捜しに行きなさいよ」いってから、これも暴言だと気づくが、もうとめられない。「いますぐ」

「別にいいけど、ここの留守番ができるのか?」

ひとりが嫌な芹澤は喉《のど》をつまらせる。「お、おとなしく待ったほうがいいわけ?」

「実は七時くらいに麻生にメールした」

「え」

「最後にきた返信を読むぞ」片桐は携帯電話を取り出して喋る。「〈たぶん心配はいらない。最悪、駅前のパチンコ店が閉店する午後十一時まで待て。以上〉」

理解がゆっくりと浸透したとき、芹澤は脱力して丸椅子からずり落ちそうになった。

「なにそれ? 私を放ってパチンコやっているの?」

「まあ、さすがにそれはないと信じたいけど、念のため麻生は交番のお巡りさんに連絡してくれたらしい」

彼女はほっと胸を撫《な》で下ろす。

再び、重苦しい空気がふたりを包みこんだ。会話がないまま、駄菓子屋の店内がし

ん と静まり返る。

「……おまえとこうして針のむしろみたいな状況で過ごすのは、文化祭のクラリネット検定以来だな」

片桐がぽつりとつぶやくようにいい、

「いやあ、いやあ」

忌わしい記憶がよみがえった芹澤は頭を抱える。

まったく、しようがないな、と片桐は頭の後ろのほうを掻《か》いた。「ここまで遅くなるなんて思わなかったよ。仕方ない。俺が残って一万円のお釣りを受け取ってやるから、おまえは家のひとに迎えにきてもらえよ。いつもの軍用車（運転手付きのGMのハマーのこと。以前、学校の送迎で多用し、穂村を轢《ひ》きかけたことがある）で」

芹澤はぶすっとした顔つきで黙った。

「じゃあ檜山の家に電話しようか？　あいつなら来るぞ」

今度は顔を赤くし、片桐を睨《にら》みつける。

「どうするんだ？」

腕時計に視線を落とす。やがて、首を小さく横にふった。

「……いい。ここにいる。いま家に帰るよりマシだから」

父親がいたら顔を合わせづらい。気まずい沈黙のあとで声が返ってきた。

「そういえば、いろいろ複雑な家庭環境だったんだよな、おまえ」

彼は丸椅子から立ち上がった。店内を勝手に探って、脇に抱えて持ってきたのは、折りたたみの小さなデスクだった。ふたりの間に組み立てられる。

「それ、私とあんたの国境？　越えたら射殺していいの？」

片桐は無視して、「客の子供たちは、ときどきこれを使ってカードゲームをやっている」

眉《まゆ》を顰《ひそ》めた芹澤は、唇を突き出す恰好《かっこう》で、「なにするつもり？」

「黙っていても時間の無駄だから、部活の話でもしようと思って」

「なんで私に？」

ふいに片桐は表に目をやった。視線はどこか遠くにあった。「俺は引退した身だからさ、マレンや成島に口出すのは控えたいんだよ。向こうから相談にこない限り、立ち入るべきじゃない」

「で、ふたりが優秀すぎて、まったく相談にこないから、自分の存在がなかったことのように感じて焦っていると？」

「身も蓋もないことをいうよなあ」

まったくへこたれない片桐は、むしろ芹澤の攻撃を楽しんでいるようだった。今年の夏にB部門の支部大会に初出場できた功績は、くせ物揃いのメンバーをまとめあげた彼の力が大きい。無論そんなことは、彼女はぜったい口にしない。

片桐はデスクの上にノートを広げ、すらすらとシャーペンの芯《しん》を走らせる。書いているのは東海大会の編成だった。迷うことなく一気に書けるところに、引退するまで彼が打ちこんできた軌跡を感じる。

芹澤は思わず身を乗り出した。

〈金管〉Tp（3） Hr（1） T.Tb（1） B.Tb（2） Tub（1）
〈木管〉E♭.Cl（1） B♭.Cl（2） A.Cl（1） B.Cl（1） A.Sax（2） T.Sax（1） B.Sax（1） A.Fl（2） Ob（1） Fg（1）
〈弦、打〉Cb（1） Timp/S.Dr/B.Dr/Cym（2）

なるほど。編成は耳で聞くより、目で見たほうが早い。二十四人の構成は、ユーフォニアムとピッコロ不在の金管八重奏、クラリネット五重奏、サックス四重奏に、フルート、オーボエ、ファゴットを加えている。最低音は弦バスだった。改めて見ると、金管はB♭管で揃え、木管とともに倍音構成狙いで、割と中低音に恵まれているバンドに思える。三年生の引退によってトランペットとアルトクラリネットとファゴットが一名ずつ抜けたが、代わりに自分が補充された……

「芹澤。おまえ、耳の調子はどうだ？」

彼女ははっと顔を上げて、無意識に片手を右耳にあてた。部員がいいにくいこと、カイユでさえ気を遣っていることを、この男は普通にふるまって口にする。ある種の清々《すがすが》しさに、気分が楽になって、笑みさえ浮かんだ。

「音の方向は目で追うことにしたし、むしろメリットは増えたかも」

「そうなのか？」

「うん。話し言葉はときどき聞こえづらいけど、おかげで物事の先を読む力が身についた気がする。それと、音をシャットアウトしやすくなったのは便利よ。前よりはるかに集中できるから勉強の効率がすごく上がった。うるさい場所でも快眠できるし、いいこと尽くめ。私はこの耳を武器にするわよ」

「……転んでもタダでは起きないんだな」

「私にはもう、これが普通だから」

「おまえをレギュラーとして遠慮なく話を進めるぞ」

「いいよ」望むところだ。

「春に保健室で喋《しゃべ》ったことを覚えているか？　大編成のA部門を目指すなら、最低三十人は必要だって」

芹澤はノートに視線を落とす。アメ民の部員をのぞけば現在は二十二人。ユーフォニアムの音色がどうしても欲しいときは、上条にテナーホルンで代用してもらうしかない。

「ごめん。見積もりが甘かったかも」

「俺はあのときそれを突っこみたかった。標準的に考えれば、中学の部と違って高校の部は、どう見積もっても全体で四十二から四十五人くらいの部員は必要だよ」

「標準？」彼のいう標準の意味を知りたい。

「……そうだな。一般的な楽器がほぼすべて出揃っていて、音の骨格をつくる楽器のかたまりが至るところにあるってことか」

「わかった」

目標を四十二人としても二十人足りない。来年のA部門のエントリーはほぼ絶望的といっていい。そういえば最近、穂村が全国大会という言葉を口にしなくなった。厳しい現実を目の当たりにしたのか、彼女の変化に寂しさを覚える。

「おそらくマレンと成島の頭の中では、来年の夏もB部門のつもりで年間の練習計画を立てているだろうな」

「実際そうしている。この間、ため息を聞いちゃったけど」

「そりゃそうだ。あのふたりの夢は、自分たちを引っ張り上げてくれた穂村と上条の夢を叶《かな》えることだから。理性的に見えて、意外と感情で動いている」

芹澤は視線を上げ、わずかな沈黙を挟んで口を開いた。「なんでわかるの?」

「元部長をなめんなよ」

「……格下に見ていたことは、断腸の思いで謝ってあげるわ」

「格下だったんだ」片桐は心底愉快そうに、ショルダーバッグの中を探っていた。内ポケットのファスナーを開き、折り畳んだルーズリーフを出して芹澤に渡す。ずっとそこにしまいこんでいたように、折り目の部分は擦れ、表面が汚れていた。

芹澤はルーズリーフを開く。そこには中学校名と名前、担当楽器が、かわいらしい文字でずらりと並んでいる。「なにこれ?」

「さくらに書いてもらったリストだよ。あいつ、けっこう人望があるんだよな。人望のあるやつのところには情報が直接集まるようでさ、もしかしたら来年、南高に経験者の新入生がそこそこ入るかもしれないぞ」

「え」芹澤の座る丸椅子ががたっと動く。

「理屈で考えろよ。公立の無名高が指導者の交代で、B部門とはいえ東海大会初出場までこぎ着けた。扱いは小さいが、新聞の取材を受けたし、まだ部員がすくないことも紹介された。ようは一年生からレギュラーで出場できるってことだ。この数年で、県内の力関係は変わるかもしれないって噂が流れている。……俺たち三年生の最後の大会は銅賞に終わったし、大編成の出場は叶わなかったけど、こうしておまえたちにバトンを渡すことができそうでよかったよ」

芹澤は食い入るようにリストを眺めた。現時点でここまで具体的に明記された入部希望者がいる。数えたら十一人いた。……あと九人。絶望的な状況からすこし展望が開けた。東海大会の会場の片隅で穂村が泣いたのも無駄じゃなかったのだ。

身体が熱くなる。一秒でも早くみんなに教えてあげたい。その気持ちをぐっと堪《こら》え、リストを片桐のほうに戻す。

「これは私じゃなくて、部長のマレンに伝えるべきじゃないですか？」

「南高の受験は終わってない。心変わりする可能性だって大いにあるだろ」

「でも」

「見通しを軽々しく語っちゃうと失敗するんだよ。部員ならともかく、リーダーがやっちゃ駄目だ。俺、それで去年は苦労したし、草壁先生に怒られたこともあるし」

なんの気負いもなく、静かな声で片桐はいう。芹澤は彼の顔をまじまじと見返した。

「まだあやふやな情報を持っているのは新参者のおまえがいいんだよ。穂村と一緒になんとか形にしてみろ。俺からの最後の引き継ぎだ」

このひとは……。芹澤はルーズリーフを折り直して長い吐息をもらす。いいたいことを整理するための深呼吸だった。

「もらっといてやる」

「おまえ、かわいくねえよな」

むっつりした表情で彼女は、彼が買った三個二十円の笛ガムを口に含む。試しに吹いてみると、ぴゅーぴゅーと愛らしい音が静まり返った店内に響いた。

5

芹澤が駄菓子屋から出るに出られなくなってとうとう四時間が過ぎ、時刻は午後九時になったが、まだお婆さんは戻ってこない。あまりに暇で、駄菓子屋の店内になぜか置いてある弘兼憲史《ひろかねけんし》の『課長島耕作』を読み耽《ふけ》り、待ちくたびれた芹澤と片桐は折りたたみのデスクの上で突っ伏していた。もう話すことが尽きたふたりは、傍《はた》から見れば、居酒屋のカウンターで、最近の若手は駄目だ、仕事に対する意欲が足りない、結局俺や私の説教なんか届かないし、だれもわかってくれないとふて寝するサラリーマンの姿にもとれた。ふたりとも一皮剝《む》けば中身は面倒臭いオヤジだった。

「……」

「……」

「なあ、聞いてくれよ。俺はもう卒業なんだよな……」

「卒業という名のお払い箱でしょ……」

「……」

「……」

「普通、しんみりとするところじゃないのか？」

「寂しいですぅ、生きていけませぇん。記念に全体重のせて、みぞおちに本気のアッパーカットをさせてくださぁい」

「……」

「……」

片桐がむくっと身体を起こして、「おい、芹澤」と腕組みをし、芹澤はハラハラドキドキしながら顔を上げ、捨て身の覚悟でファイティングポーズを取る。

「これって、よくないシチュエーションだよな。まだ夜の九時とはいえ、なんかこう、男女がふたりきりで屋根の下というか、いろいろと誤解を招きそうで」

「え、え、まさか。やだっ、うそっ。汚らわしい目で私を見ているの？」

「一方的な言葉の暴力を受けているのは俺なんだが」

「最終的に男はケダモノの本性を出すくせに！」

おまえはあのビジネス漫画からなにを読み取ったんだ、と片桐の唇の端が引きつり、一気にやつれたような顔をした。それでも元部長らしく、挫《くじ》かれた出端《ではな》を立て直そうとする。

「そうだった」

「なによ」

「さっきメールが届いたんだった」片桐は携帯電話を取り出して確認した。「あ。やっぱり麻生からだ」

芹澤は進展を期待して、「どう？」と肘《ひじ》をついて身を乗り出す。

「読み上げるぞ。〈おばちゃん、戻ってきた？　こっちはいま、場所を移して桃太郎電鉄をプレイ中。上条くんが穂村さんに時限爆弾カードをしつこくなすりつけるから、取っ組み合いの喧嘩《けんか》がはじまっています。妨害系のカードを使わせると、上条くんって本当に非情ですよね。以上〉……だそうだ。へえ、めずらしく麻生が楽しそうだな。というか、ゲームで取っ組み合いの喧嘩だなんて、上条と穂村って仲がいいんだな」

「結婚すればいいのに」

「だよな」

こんな会話をしている場合じゃなかった。お婆さんのことが気がかりになる芹澤は、丸椅子に腰かけたまま、つらつらと苛立《いらだ》たしさを育て、瞬《まばた》きするたびに睫毛《まつげ》がチリチリ焦げる気がした。

「……ねえ、ちょっと」

「なんだ。トイレか？　奇遇だな。俺もだ」

「違うわよ」

水は必要以上に飲まないようにしているので我慢はできた。芹澤はジュースの空き瓶を取り上げ、これでじゅうぶんだろう、と片桐に渡す。

「面白い冗談だな」

芹澤はふくれっ面になった。

「やっぱりおかしくない？　この状況」

片桐はもじもじと腰を前後させながら、「まあ、おばちゃんに完全に放っておかれている状況だよな……」

「交番に連絡したんじゃなかったの？」

「麻生のことだから抜かりないと思うが、問題はお巡りさんがどこまで本腰入れて捜してくれるかだ。あいつ、旧校舎の器物損壊であやうく捕まりそうになったし（実地研修という名目で、夜中に忍びこんで部員に採掘の練習をさせたことがある）、おばちゃんはおばちゃんで駅前のパチンコ疑惑もあるし」

「どいつもこいつも……」芹澤は自分の不運を呪った。「だれにも迷惑かけずに、健《けな》気《げ》に生きている私が、十一時まで待たなきゃならないわけ？」

「いままさに、最悪の形で道連れにされようとしている俺の身にもなってほしいんだが……」

ぐうの音も出ない芹澤は、唇を尖《とが》らせてデスクの上に顎《あご》をのせる。なにかが引っかかっているが、それがなんなのかわからない。このままじっとしていても埒《らち》が明かないので、とりとめのないことでもいいから記憶を掘り起こして考えてみることにした。

まずこの駄菓子屋をおとずれたときだ。てっきり閉店時間に差しかかっていたかと思ったが、片桐の発言から、そうでないことがわかった。だとしたら「おでんは食べられるんですか？」とたずねた際、お婆さんが見せたぶっきらぼうな態度は納得がいかない。出ていけといわんばかりの対応だった。気難しそうな地学研究会の連中から慕われていたり、子供の客のためにわざわざ折りたたみのテーブルを用意する人物像と結びつかない。

自分のまわりに立ちこめてきた混乱の霧をなんとか払いたくて、おでん三則と書かれた貼り紙のある方向に首をまわす。ちゃんと自分は守ったのだから客としての落ち度はないはずだ。

客……？

迂遠《うえん》な記憶の確認を経て、ようやく閃《ひらめ》くものがあった。

芹澤はデスクをずらして立ち上がると、ショーケースの前に移動して、棚からお釣りの入ったクッキー缶を取り出した。蓋《ふた》を開け、指で小銭を掻《か》き分けながらお札を数えてみる。すでに見た通り全部で六枚——内訳をはじめて知った。千円札が五枚と、五千円札が一枚だった。小銭と合わせてお釣りがじゅうぶんあるじゃないか。いや、もう、お札の種類なんてどうでもよくなった。お婆さんは、このクッキー缶をいっさい確認せずに出ていった……。

急に呆《ぼ》けてしまったのだろうか？

その可能性はゼロではないが、もっとわかりやすく説明がつきそうだった。

「おまえ、さっき物事の先を読む力が身についたっていったよな」

背後から彼がのぞきこみ、芹澤は飛び退《の》くようにしてショーケースに身体をつける。慌て気味に姿勢を正した。

「い、いったけど」

「じゃあ、だれに一万円札を払ったんだ」

芹澤は片桐をじっと見つめ、首を傾げる。ありとあらゆる可能性を考えてから、確信を得た表情で、「別人」と間の抜けたこたえを返した。

「おまえが会ったお婆さんと、俺がいうおばちゃんは違うのか？」

片桐が念押しし、「たぶん」と急に自信をなくした芹澤は口を閉じる。駄菓子屋に入る直前、大きな物音が響いたことを思い出した。動揺で頭が空回りしそうになりながら、その経緯も彼に伝える。

「ちょっといいか？」

「ど、どうぞ」

「俺たちはいままでだれをぼおっと待っていたんだよ！」

「知らないわよ！」

狭い店内でキャットファイトみたいなつかみ合いの喧嘩をしたふたりは、はあはあと無駄なカロリーを消費していく。

「……たったいま、俺の知るおばちゃんが『いつ戻ってくるのか？』から、『どこにいるのか？』に状況が変わったわけだぞ」

「……え」芹澤には違いがよくわからない。「……どこって？」

片桐は芹澤を後方に押しやってショーケースの奥へと進む。一時間ほど前に確認した通り、狭い三和土《たたき》を越えた先に居室があるようだ。

「さっき俺が呼んでも、反応はなかった」

片桐は眉間《みけん》に皺《しわ》を寄せたまま、手探りで壁にある電灯のスイッチをまさぐる。彼は空いた手で携帯電話を握りしめた。この先になにかあれば一一九番か一一〇番通報するつもりだとわかり、芹澤は固唾《かたず》を呑《の》んで、彼の背中にぴたっとくっつく。

「ま、まさか、金庫破り？」

「おいおい、金庫破りじゃなくて自販機荒らしだぞ。自販機荒らしなら、家の中に用はないはずなんだが」

カチッ、という音とともに、蛍光灯の明かりが点滅しながら灯《とも》った。

引き戸の隙間から、ちゃぶ台の天板と脚、色のくすんだ畳が見える。中身をこぼした湯飲みと、ひっくり返った花瓶、テレビのリモコンが散乱していた。

え？　空き巣……？

芹澤の心臓が跳ね、どくんと響く。

人影が倒れた箪笥《たんす》の下敷きになっている。

怯《おび》えて口のまわらなくなった芹澤より先に片桐が動いた。彼は土足のまま上がりこむと箪笥を持ち上げようとする。金縛りから解けた彼女もすぐ手伝った。倒れた箪笥は重量級のものではなく、洋服や物を詰めこんでいないようなので、苦労せず元に戻すことができた。

箪笥の下から出てきたのは、もうひとりの老婆だった。割烹着《かっぽうぎ》姿の白髪頭で、顔がしわくちゃで、違いがあるとすれば、老人斑《はん》が浮き、もういつ死んでも天寿をまっとうしたといわれそうな年齢域に映る。蛍光灯の光を急に浴びたせいか、ううう……と呻《うめ》き声をあげた。

「おばちゃん、おばちゃん」片桐が屈《かが》んで声をかけると、意識が完全に戻った老婆が勢いよく跳ね起き、ゴンッとふたりの頭が強打した。痛たた、と互いにうずくまったあと、「耳元でうるさいねぇ。痛いじゃないかいっ」と、老婆が大声を出して彼の頭を思いっきり引っぱたく。

芹澤は呆気《あっけ》に取られた。老婆——片桐のいうおばちゃんの状態を見る限り、割と元気そうで、大事には至っていない様子だ。緊張の糸が切れてへなへなと腰を下ろす。

片桐は額を押さえながら、「いったいなにがあったんだよ。警察呼ぼうか？」と、しきりに聞いていた。しかし、駄菓子屋の店主のおばちゃんはなぜか説明しにくそうに口をつぐんでいる。

混乱した芹澤は、脳内が散らかる感覚に陥った。

自分が会った——ショーケースの奥からあらわれたもうひとりのお婆さんは何者だったんだろう。自販機荒らしや空き巣には思えない。

6

騒動を思い出すたびに腹が立った。

馬鹿げている。まったくもって馬鹿げている。

芹澤は肩を怒らせ、下校する生徒の群れと逆行しながら、校舎の廊下にスリッパを打ちつけて早足で歩く。

部室に入るなり、頬を膨らませて例の貼り紙を眺めた。

いつまでも、あると思うな親とカネ
よりによってあの場所でも親子喧嘩《げんか》があったなんて。いまとなっては、駄菓子屋にあった、もう一枚の貼り紙の文言も恨めしく感じてしまう。

事の真相を知ったときはうんざりした。

今年八十八歳になる駄菓子屋のおばちゃんには七十歳の娘がいて、二十数年ぶりに母親の前にあらわれて金の無心をしたのだという。その結果、ふたりは揉《も》み合いになり、母親のほうは簞笥に腰をぶつけて気を失い、娘のほうは頭を打った。芹澤が駄菓子屋をおとずれたのはその直後だった。

一万円札は、あれからパチンコ屋から戻ってきた娘が返してくれた。近場でお金を崩すつもりが駅前までふらふらと行ってしまい、パチンコ屋で大当たりがきて帰れなくなり、挙げ句に「倍……千円足して返すからいいだろ」とふてぶてしい態度に出られてしまった。トイレを借りて戻ってきた片桐は「いま、倍といいかけてやめたよな」とこぼし、指折りの珍事に巻きこまれた芹澤は「……うん」としかこたえられなかった。実態に即して要約するなら「駄目だ、この婆さん」という感じだった。

本当にひどくてくだらなすぎる話だと思う。

しかし、妙に腑《ふ》に落ちるところがあった。

風変わりな再会は自分たちばかりではなく、あの駄菓子屋の居室でも起きていた。

そんな偶然が重ならなければ、片桐に対して抱えていたわだかまりを解くことはできなかったのかもしれない。きっかけは普段とらなかった行動だ。自分で決めた日常から一歩離れたことで、いままで距離感のつかめなかった奇妙な旋律を聴けた気がする。

(三年生になったおまえが、さくらの面倒をみてやってくれないか。後ろ姿を見せてやるだけでいい。頼むよ)

あれは本気でいったのだろうか。

こんな自分に頼む、と。

「……直ちゃん、なに笑っているの?」

マレットを持つカイユが、めずらしそうなものを見る目で声をかけてくる。

「ううん、なんでもない」

あの日、帰りがだいぶ遅くなり、駄菓子屋までカイユが迎えにきた。それは片桐が彼の家に連絡を入れてくれたからだった。

芹澤はクラリネットを素早く組み立てて、練習をするために廊下に出る。

片桐と会うことはもうなくなっていた。同じ校舎にいるはずなのに、授業の移動中はもちろん、昼休みも、放課後も、廊下でもすれ違うこともない。連絡を取り合うこともなかった。自分と彼をつなぎとめていたのは部活の存在だったのだ。住む世界が違うふたりは部活がなければ出会うこともなかった。それが切れたいま、狭い学校の空間でさえ顔を合わせるのが難しくなった。

（俺は引退した身だからさ、マレンや成島に口出すのは控えたいんだよ。向こうから相談にこない限り、立ち入るべきじゃない）

強がりじゃなく、彼は自分の言葉に忠実でいることを知る。

放課後になると、芹澤は窓外に視線を投じる機会が増えた。部活を引退した下校途中の三年生がいるからだった。

あ――

正門の方向を見つめる彼女の目が大きくなり、窓枠に手を添える。ひと違いだったので、彼女は吐息をもらし、その指をゆっくり離した。

掌編　穂村千夏は戯曲の没ネタを回収する

みなさん、こんにちは。わたしの名前は穂村千夏。清水南《しみずみなみ》高校二年生、吹奏楽部のフルート奏者です。部活の活動日誌に練習の反省点を書いて、そのあまりの多さに身《み》悶《もだ》えし、熱い言葉でしめくくろうと、〈崖《がけ》っぷちが最高のチャンス。ありがとー〉とかわいく付け加えたら、顧問の草壁先生に〈そもそも崖っぷちに立たないよう、無理せず細心の注意を払って日々の活動をしてみてはいかがでしょうか〉と赤字でコメントを返されてへこみました。松岡修造さん、話が違うじゃないですか！

ああ、暑苦しいですよね、過剰ですよね……もういいません……すみません……

本題に入ります。

二学期のある日の放課後、部室に一番乗りしたわたしは足元に奇妙なファイリングノートが落ちているのを見つけた。用具置き場に使っているスチール製のキャビネットの一番上の段から落下したようで、午後の授業中に起きた震度三くらいの地震を思い出す。こんなことがあるから乱雑に物を置いちゃいけないのに……と感じつつ拾い上げると、マル秘の文字に視線が留まった。見覚えのある筆跡、上条春太――ハルタのものだった。

マル秘なんだ、そうですか、ふうん。本当に隠したい情報なら、こんなわかりやすい印をつけず、もっと人目につかない場所に保管すればいいのだ。ま、相手はハルタだし、いいよね。

というわけで、わたしはさっそく部室にあるパイプ椅子に腰かけてファイリングノートを開く。

リングで綴《と》じたルーズリーフに、設計図みたいに文字が並んでいた。

え……

ト書き？

うそ。

これって「退出ゲーム」のシナリオ？

「退出ゲーム」とは、マレンをめぐって吹奏楽部と演劇部が対決したときに使った即興劇の名前だ。

設定されたシチュエーションの中で役柄になりきり、制限時間内に舞台から退出したチームが勝ちになる。退出するためには、どんな理由をでっち上げてもいいし、相手チームはあの手この手で阻止する。

考案者は演劇部の部長の名越俊也《なごえしゅんや》、ハルタ、そして草壁先生で、ルーズリーフに三人の署名があった。即興劇といえど、実は彼らの手によって巧妙に仕組まれた芝居だったところがミソだ。

しかし、ここに書かれているのは没にしたシナリオのようで、すったもんだの末、前半戦はアドリブでいこう、という結論になったらしい。

どれどれ、とわたしは流し読みする。ト書きの中の「藤間《ふじま》」は、演劇部の副部長、藤間弥生子《やえこ》さんのことですよ。

演劇部VS吹奏楽部　即興劇対決
お題『高校生活最後の演奏会、本番前の控え室から退出せよ』
上条「しまった。これはお婆ちゃんの形見のホルンじゃないよ！　これじゃあ、本番で吹けない！　家に帰って取ってくる！」
名越「馬鹿！（ビンタする）。最後の演奏でお婆ちゃんの力を借りるなんておまえらしくないぞ！　いままでの練習と努力を思い出せ！」
藤間「（涙目で）そうよ！　そんなことじゃお婆ちゃん、成仏できないよ。そのホルンで吹いてみようよ！」

◇◇◇

上条「ト、トイレにいってくる」

※おそらく客席から大ブーイングが起こる。

名越「(空き缶を持ってきて) さっき係員から連絡があって、すぐそこのトイレで殺人事件があったそうだ。指紋を洗い流したらまずいだろう？ ほら、これに」

◇◇◇

上条「(いままでの流れをぶった切る勢いで) はい、カーット！ みんなお疲れさまー。チカちゃんの最後のシーンすごいよかった。イーコーしてる女性は演技が違うね。次のシーンは三十分後。それまで解散！ ちょっとシーメー食ってくるからみんなヒーコーでも飲んでて」

※胡《う》散臭《さんくさ》い逆さ言葉（業界用語）を使う舞台監督になったつもりで、そそくさと退出しようとする上条。

名越「（白衣に素早く着替え、ハルタを揺さぶって軽くビンタ）おい上条、気づいたか？　ここがどこだかわかるか？」
上条「へ？」
名越「ここは……病院だ。おまえは長い夢を見ていたんだ。よかったらいままでのことを聞かせてくれないか」
上条「（動揺しながら）ぼ、ぼくは……」
名越「全部おまえの夢なんだよっ」
上条「……う、嘘だっ」
※上条と名越が取っ組み合いの喧嘩《けんか》をはじめる。
藤間「（彼女も白衣に着替えて、上条と名越を引き剥《は》がし、ビンタ）上条くん、名越くん、気づいた？　ここは病院。私が本物の医者であなたたちが患者なのよ。ふたりは、あるときは吹奏楽部員と演劇部員、あるときは監督と役者、あるときは医者と患者になりきって妄想を膨らませていたの。今日の診察はこれで終わりよ。お薬を飲んでベッドで休んでちょうだい」
※上条と名越はお互い見つめ合い、コクリとうなずく。
※藤間は帰り支度をし、客席に一礼してから退出しようとする。
上条「（はっと我に返り、藤間の足にしがみついて転ばせる）違う、違うんだよ。

それこそきみの妄想なんだ」
藤間「え？」
上条「(演劇部の部員から白衣を受け取って着替える）本物の患者は……藤間さん、きみひとりだけなんだ」
藤間「え？　え？」
名越「そうだ。おまえは俺たちの患者で、おまえが通っている学校も、部活も、病院も、医者であることも、すべて妄想がつくりあげた夢の出来事だったんだよ。さあ、診察の時間だから早くこっちへ戻っておいで」
藤間「(ひどく動揺する）……そ、そんなの嘘よ、嫌……」
※観客が飽きるまで、ぼくが、俺が、私が、と混沌《こんとん》とした医者ループをつづける。

目頭をよく揉《も》んでから、ファイリングノートを静かに閉じる。
不採用理由に、「本稿のノリは、穂村には荷が重い」とあった。無理だっつーの。
お蔵入りになって本当によかった。
それにしても……
没シナリオに草壁先生はどこまでかかわっているんだろう。意外な一面を見た気がしたわたしは、ちょっと胸がドキドキしてしまった。
あと、ハルタにいいたい。
この情熱をホルンに注げばいいのに。

巡るピクトグラム

—マレン・セイ×名越俊也—

島津アフレコシリーズ①

僕が村にいた頃、ひとりぼっちで、声をかけてくれる大人はいなかった。
でも寂しくはなかった。
本当だよ。強がりじゃない。
音楽があったからだ。音楽は僕の心の奥深くにあるものに直接語りかけてくる。
まだ話せない、話したことのない、言葉にすることさえ難しいものに。

あと一本手があれば――そんな奇妙な悩みを奏者に抱かせる楽器、ハンドベルをはじめて目にしたのは六歳のときだった。足の病気の癒《い》やしのために両親と行った教会のテーブルに二オクターブ分、二十五個の青銅製の鐘がずらりと並んでいた。それを五人の奏者《リンガー》が操り、メロディーや和声にまとめあげる。入口は簡単なように見えて奥が深い楽器だ。優しく響き渡るハンドベルの音色は教会音楽、厳かな雰囲気で歌われる讃美歌《さんびか》にぴったりで、耳なじみの曲からでも聴き手をはっとさせられる新鮮な表情を引き出す。いまでも「美しい音色を持つ楽器は？」と聞かれたら、澄んだ余韻を持つハンドベルを思い浮かべてしまう。

幼い頃の記憶というのは鮮烈で特別だ。

高校二年生になったマレン・セイは気になってしょうがなかった。

いま、目の前で熱心に喋《しゃべ》る親友の額に、ハンドベルの絵が貼りついている。透明フィルムに印刷されたもので、それとなくたずねてみると、親友は腕で額をごしごしと擦《こす》った。しかし密着した状態なのでなかなか取れず、「ああ、汗でくっついちゃったんだな。これなら気にするな」と軽く流されたのだった。

おかげで目のやり場に困り、親友の話があやうく上の空になりかけた。

1

いいか、マレン。

俺が昨日の晩、副部長の藤間に電話したら、死にそうな声で、ある漫才師の喩《たと》え話をされたんだ。

漫才師はあるとき、聴衆にひとりだけ、みんながゲラゲラ笑う中で、ニコリともしない観客がいるのを見つける。観察すると、決して笑わない客が演芸場に必ずひとりいた。はじめのうちは気になる程度だったが、だんだん無視できない存在になってくる。それ以後、彼はそのただひとりの笑わない客をなんとか笑わせようと壇上で苦心するが、ペースを乱し、ついにはノイローゼにかかり、もう壇上にあがれなくなって失踪《しっそう》してしまう。

漫才師が会場の中に見つけるただひとりの笑わない客——それはベルイマン監督が撮った映画、『第七の封印』に出てくる死神に似ている。

ベルイマンはこう表現したんだ。死神は、あるコミュニケーションの世界に存在して、そこには必ずそれで包摂しつくせないものがあることを教える。それは壇上に立つ者の前にあらわれて、おまえに見えないものがある、おまえにはいい忘れたことがあるはずだ、とささやくのであった……

「それが藤間さんが学校を休んでいる理由？」

マレンは呆《あき》れて、演劇部の部長の名越俊也が深くうなずく。

「あいつはいつも俺の想像の半歩先をいっている」

「半歩だけなんだ」

「やたら電話で長々と喋るから聞いてみたら、元は加藤典洋《かとうのりひろ》という文芸評論家が書いた論文だということがわかった。藤間もスランプだと素直にいえるようになればかわいいのに」

「相当こじれているんだね」

「死神を持たない表現者は面白くないかもな。藤間は芝居が好きすぎて、頭がおかしくなっているからしようがないんだよ。恐ろしい子だ、まったく……」

「勉強すればいいのに」

「まあまあ。話を戻すぞ。この間の公開稽古《げいこ》、吹奏楽部の連中に観てもらったよな」

「ああ、あれ、評判良かった。笑いあり、感動ありで、面白かったよ」

喜怒哀楽が、音楽に深みを持たせ、表現を豊かにする。草壁先生の勧めで、練習の合間を縫って合唱部と一緒に見学したことがあった。

「藤間がいうには、おまえのところの芹澤だけがクスリとも笑わず、冷たい目で観ていたのがこたえたそうだ」

マレンは飲んでいたペットボトルのお茶をこぼしそうになった。死神は彼女だったのか。

ふたりは旧校舎にある演劇部の部室で昼飯を食べていた。

たまには一緒に食わないか、とめずらしく名越に誘われた。昼休みは吹奏楽部の部室で過ごすことが多いマレンに、隣のクラスの彼が声をかけてきた形だ。

部屋の隅には段ボール箱が積み上がり、ハサミとセロハンテープが転がっていた。

もうすこし日が経てば、柔らかな陽が射しこみ、秋の午後を満喫できる環境だが、まだ残暑を引きずるような気温だったので窓や扉を開けっ放しにし、カーテンが揺れる度に蒸れた風が通り過ぎていく。部室に彼ら以外はいなかった。他聞をはばかる話をするには、ちょうどいいシチュエーションかもしれない。

マレンはサンドウィッチを頬張りながら、かつて自分が在籍していた演劇部の部室に視線をめぐらせる。名越とはじめて会ったときのことを思い出した。初対面でも一を聞くと五や十は返ってくる感じで、歯に衣着《きぬ》せぬ物言いが、いまでも心地いい。

「……懐かしいか？」

名越が口の中のおにぎりを飲みこんで聞いてきた。

「あのときはごめん」

「腐っていたもんな、おまえ」

「ああ」マレンはくすっと笑う。「そうだよね」

生きながら腐れるのは人間だけ。果物は腐ったら終わり。人間は腐ってもまたよみがえることができる。目の前で本を開いて教えてくれたのは名越だった。

「いまじゃ、おまえとこうして時間をゆっくり取れなくなった」

吹奏楽部の事情を知る名越はしみじみという。とくにコンクールに向けた一学期の間、午前中の授業の休み時間に昼食を摂《と》り、昼休みをまるまる練習にあてていたのだ。三年生と二年生を中心に、平日はほとんどそうした。

「名越……」

「悪い。俺としたことが湿っぽくなったな」

気弱な台詞《せりふ》を吐く名越をマレンは見つめた。おまえのことはすべて把握していると
いわんばかりだった傲岸《ごうがん》な口調が嘘のように消えている。どうしたんだろう、という
思いがふと兆した。自分の知る親友はこんな男ではなかった。

「名越。なにか困っていることがあるんだったら相談に乗るよ」

「俺の悩みなんかどうでもいい」その声にはいくらか自嘲《じちょう》がにじんでいる。そのよう
にみえた。「ひとは変わるんだ」

「僕じゃ力になれないの？」

躊躇《ちゅうちょ》の気配があった。しかし名越は断ち切るように首をふり、眩《まぶ》しげに目を細める。

「それより吹奏楽部の話を聞かせてくれよ。そうだ、たとえば穂村はどうだ？」

「穂村さん？」

「ああ。あの帰りの燃料を持たない戦闘機みたいなズベ公だ」

「ズベ……？」マレンにはまだわからない日本語がたくさんあった。「穂村さん
の話だよね。僕には彼女が羨《うらや》ましいよ。上達の楽しみが山ほど残っているんだから。

成長のビデオを早回しで見ているようで、僕も頑張らなきゃって思うよ」

「上条はどうだ？」

「上条くん？」

「ああ。あの煮ても焼いても食えないゴミ屋敷クズ太郎だ」

「ゴ……？」よく聞き取れなかったマレンはすこし混乱した。「上条くんの話だよね。うん、彼はやっぱり部活の中心人物だよ。それでいて雑用から逃げないし、勉強や努力は隠れてやっている。僕も見習わなきゃって思うよ」

名越は顔を下に向ける。大きく吐く息が聞こえた。「俺はおまえが羨ましい……」

「え？」

「俺はあのふたりをダーツの的にしたい」

「ど、どうしたんだ、名越？」

「穂村も上条も、藤間が学校を休んでいると聞いた途端、俺から逃げまわるんだ」

「なにかの誤解だよ、それは」

「成島経由にメールで、おまえに演劇部の部室に来てもらうよう打診したら、〈あんな秘境のような場所に、マレンを行かせるのは嫌です〉だってさ。嫌ときたよ」

こんないいやつなのに、みんな、いったいどうしたんだろう。

「それも誤解だ、きっと」

「俺はあの三人をエアガンの射撃用の的にしたい」

「僕が話を聞くよ」マレンは椅子から大きく身を乗り出した。名越がいなかったら、自分はどうなっていたのかわからない。

ぶわっくしょんっ、と名越は激しいくしゃみをしたあと、唾《つば》が飛んでしかめ面をするマレンを見やり、すぐ首を横にふった。「いや。親友のおまえを巻きこむわけにはいかない」そういって彼はポケットティッシュで鼻をかむ。

「僕は平気だよ」

「おいおい。少女漫画みたいな迫り方をするんだな」名越は照れくさそうに指先で鼻を擦《こす》った。「俺が女子だったら胸キュンしているところだぜ」

自分にはよくわからない。とにかく、とにかくだ。「水くさいじゃないか」

名越は机に両肘《りょうひじ》をつき、顔の前で手を組む。思い悩む間をおいて、伏し目がちの表情から上目遣いでマレンを見た。「実は、藤間と一緒にバイトをしている」

「バイト？」よく使われる和製英語だ。マレンは驚いた。「わかった。つづけて」

「学校にも、うちの部員にも内緒でやっているんだ」

「なにか事情が？」

「演劇にはいろいろ機材が必要なんだよ」

吹奏楽部同様、演劇部も部員が増えたことを思い出す。「そうだったんだ」

「おまえの意見を聞きたい」

マレンは考えた。親友との腹を割った話し合いだ。演劇部の将来を考えて葛藤《かっとう》しているのに、校則違反だから駄目、という模範的な結論をすぐ出してしまうとがっかりするのではないか。所詮他人事《しょせんひとごと》なのかと――

「ここで野暮なことはいわないよ。いいか悪いかの判断を名越は持っているだろうから。ただ、後輩に引き継げないことをするのはよくない」

「だから黙っているんだろ」

「後輩が機材を欲しくなったときのことを考えて、正しいやり方を実践して引き継ぐべきだ。そういう意味で、学校に黙ってバイトをするのは反対だよ」

「正しいやり方？　うちの部にはOBやOGがいないんだぜ」

「それでもあるはずだ」

「マレン……」

「手伝えることがあればいってほしい」

一瞬、名越の口元がにやりと笑い、マレンの背筋が怖気《おぞけ》立った。なぜだろう。得体の知れない言質を取られた気がする。

「わかった。じゃあバイトは次で最後にするか」

名越が椅子の背にもたれて、伸びをしていうので、マレンは胸を撫《な》で下ろす。

「それがいいよ。どうせだったら、次だなんていわずにすぐやめたほうが――」

「雇ってくれた側はな、俺と藤間が困っているときに手を差し伸べてくれたんだ。あと一回、義理と筋だけは通さなきゃならない」

名越は理屈を並べるが、マレンにはその細部が気にかかった。義理と筋。昔の任侠《にんきょう》映画にハマった父親が日本語の難しさについて改めて語っていたことを思い出す。日本社会の根底に流れるルール、あるいはシステムといっていい言葉だが、隣に潜んでいるのは、魚心あれば水心、というさらに難解な格言だそうで、「ニホンジンハ、ヤヤコシイ」と頭を抱えていた。

マレンは目を瞑《つぶ》り、眉間《みけん》に皺《しわ》を寄せ集める。南高がバイトを禁止するのは、高校生の本分として、お金のためになにかを犠牲にしたり後まわしにする現象はよくない、という考えだと草壁先生から聞いていた。罰則については停学や謹慎といった重いものではなく反省文の提出で、クラブ活動禁止という処分にはならない。

「次で最後なら」マレンは机の上で腕を伸ばし、握手を求めた。「ここで僕に約束してほしい」

「ああ。男と男の約束だ」名越は力強く握り返す。しかし、なぜか彼は手を離そうとしない。

「どうしたんだ、名越」

「藤間がいないと俺はいったぞ。手伝ってくれるんだな」

「え」

「あと一本手があれば、という状態なんだよ。猫の手とはいわないぜ」

ハンドベルの絵を額に貼りつかせた名越が懇願する。

「え、え」

「吹奏楽部に迷惑はかけないから」

じゃあ、いまからかけるのはなんなのだ。マレンは慌てて握手を解く。「冗談はよせよ、名越」

「俺が冗談をいう男だと思っているのか？」

冗談だらけの芸人みたいな学校生活を送っている男がこんなことをいうので、マレンは焦った。「で、でも」

「だいじょうぶだって。部長のお前に反省文を書かせるような事態にはさせない」

「バイトじゃないか」

「俺も藤間も馬鹿じゃない」全力で馬鹿なことをするのが大好きな男はこんな台詞《せりふ》も平然と吐く。「万が一バレたとしても、言い逃れができる類《たぐ》いのバイトだよ。おまえに恰好《かっこう》悪い真似はさせないし、だれも不幸にならない」

マレンは測るような目つきを向けた。別に恰好なんて気にしないが、だからといって手伝うよとは首肯しにくい。「僕は……」

「ごめんごめん。なんか無理強いしたみたいだな。ついつい強引になっちゃうのが俺の悪い癖だ」名越は人懐っこい笑みを浮かべた。「おまえが断わったからといって、俺がおまえを嫌いになることはない」それは間違いなく本心だと思った。

「あ、ありがとう」

「いま話したことは忘れてくれ。ひさしぶりにおまえと飯が食えて楽しいぜ」

厚切りハムサンドと、名越手製のツナマヨばくだんおにぎりを交換した。

名越とは中学校からの付き合いだが、自分に嘘をついたり、騙《だま》したり、足を引っ張るような真似をしたことは一度たりともなかった。彼が親友たる所以《ゆえん》で、たぶんこれからもそれは変わらない。

マレンは名越に返し尽くせないほどの恩があった。一応、確認してみよう。

「さっきのそれ、いつなの？」

「次の土曜。午後三時からだけど」

「ああ、残念」マレンは髪をくしゃくしゃにして机上で顔を伏せる。「部活があるよ」いいながらどこかほっとする自分を見つけた。これが自分を赦《ゆる》す口実か。

「なんだ。その程度の問題を解決すればいいのか。先にいえって」

その程度？　部活が？

「部活が最重要事項だと思っているんだったら、それは違うぞ。あくまで課外活動だからな」

「え」

「草壁先生に話を通してみるよ。練習は午後二時頃に切り上げればいいから」

「え、え」

「俺がマレンを貸してほしい、と頼めば、あの先生は嫌とはいわないよ。演劇部は吹奏楽部にでかい貸しがあるし、これから何度も迷惑かけるわけじゃないから」

雉《きじ》も鳴かずば撃たれまい、という覚えたばかりの日本の諺《ことわざ》は喩《たと》え話じゃなかった。

「な、なんて説明するの?」

「深い事情があります、いつか話します、で逃げ切る。俺ならやれそうな気がする。よし、いっちょやってみるか」

「いやいや。僕はみんなに聞かれるだろうし、隠せないよ」

「当日以降は隠さなくてだいじょうぶだから。ありのままを喋《しゃべ》っていいぞ」

マレンは細い眉《まゆ》を上げ、身を乗り出した。「バイトの内容っていったい……」

「家庭教師だよ。相手は小学校低学年がメインで、ちょっとませているが、ヒヨコみたいでかわいいぞ」次の言葉に衝撃が走った。「実は今回、二十人近くをまとめてみることになった。俺ひとりじゃ物理的に無理だ」

マレンはガタッと机を揺らし、つづいて眉を顰《ひそ》める。「それって塾の講師?」

「まあ、お楽しみということで。たぶん他では味わえない貴重な体験ができるから」

「体験って……」

「あのなあ。自分から思い切った変化を起こさない限り、いつも同じ光景を見ていることになるぞ。おまえ、演劇部を辞めてから吹奏楽尽くしじゃないか」

「それがいいんだけど」

肺の空気をすべて抜くように、名越は息を吐き出した。「俺が気に食わない」

「なんで」

「全員が一丸となって練習に励むのはいいよ？　でもさ、それがいきすぎて、俺には結界を張っているように思えるんだよな。他の学校の吹奏楽部にもいえるんだけど」

結界……。その言葉がすぐ理解できず、マレンは黙った。あまりいい意味でいっていないのだろう。

「準備するものと集合場所については、あとで連絡するから」

すっかり草壁先生の承諾を得た前提で話しているので、話が御破算になることをマレンは願った。が、つつがなく進行する名越の手際をひとづてに聞いてしまい、不安を育《はぐく》みながら当日を迎える羽目になった。

2

上下ジャージに着替えたマレンは市民体育館の館内にいた。名越と一緒に子供用の折り畳み式鉄棒を設置していき、マットを敷く。この場にいたるまでの一連の流れを頭で追いかけ、信じられないとばかりに眉間に指をあてる。一時間前まで音楽室でアルトサックスを吹いていたのが嘘のようだ。

気になりすぎて夢にまで出た謎のバイトの正体はスポーツ家庭教師だった。名越がいうには、「どうすれば逆上がりができますか」とか、「かけっこの教え方がわからない」などとスポーツが不得意な保護者からの依頼が多いのだという。本来は依頼者の自宅近くにある公園やグラウンド、プールを使って、上達までの時間を短縮できる濃密な個別指導を行うのが売りらしい。

とくに名越と藤間の逆上がり教室は人気があり、成功率七割という数字を叩《たた》き出していた。そのため依頼者が殺到し、家庭教師の枠を越え、こうしてまとめてみることが増えた。

なおスポーツ家庭教師にはきちんとした運営会社があり、正社員か体育会系の大学生のコーチを二名以上派遣するのが原則だった。

「あのひとたち？」

と、マレンはマットを敷きながら目線を送る。体育館の隅で体格のいい男がふたり、疲弊して座りこんでいた。もう長いこと岩のように動かない。

「掛け持ちしすぎているんだよ。休ませてやれ」

名越は設置した鉄棒の安全をチェックしながらこたえた。館内にはすでに子供たちが集まり、一箇所にかたまって沈痛な面持ちではじまるのを待っている。名簿によると上は小学四年生、下は小学一年生と幅広い。

ふうん、とマレンは額の汗を手の甲で拭《ぬぐ》ってたずねた。「ところで藤間さんは、まだ学校を休んでいるの?」

「いま学校の合宿所で、役者として更なる成長を遂げるために生き物でない人形を演じきる特訓中だ。『マレンが代わりにバイトをすることになったけどいいか?』とたずねても動じない域まで達したから、あとすこしで自信を取り戻せると思う」

「学校にいるじゃないか」

「難しいんだよ、あいつは。俺とはじめて会ったとき、恥ずかしがって『ドグラ・マグラ』の本で顔を隠していたような女だったから。意味ねーよって感じで」

演劇部の名物部長と副部長の邂逅《かいこう》をこんな形で聞きたくなかった。

マレンは体育館の天井を仰ぎ、吹奏楽部のメンバーに対して申し訳ない気持ちでいっぱいになる。演劇部のために途中で練習を抜けることを知った成島は、驚きのあまりオーボエを落としかけたほどだった。あのときの彼女の表情はテレビのドラマで見覚えがある。貧窮に喘《あえ》いでいるのに、ギャンブルを打ちに行く夫を玄関で呆然《ぼうぜん》と見送る妻の顔だ。

「マレン」

「なんだい」

「子供を相手にするときのコツを教える」名越が顔を近づけて小声で喋った。「ぼく、わかる？　って話しかけるようなことはするなよ」

「そうなんだ」

人気教師であるからには秘訣《ひけつ》があるはずで、彼の話に耳を傾ける。

「子供は俺らが考えるほど単純でも純粋でもないからな。結構したたかだし、ひとが悪いってことを忘れるな」

「ふうん」

「だいたい子供扱いされるのを敏感に感じ取るやつが多くて、逆にひねくれたり、舐《な》められたりするんだよ。上下関係はフレンドリーなタメ口や身内言葉じゃ成立しないってことを、俺と藤間は嫌というほど思い知らされた」

父親のアドバイスが脳裏をよぎる。紳士、淑女には敬意を表すものだ。いまの時代、それが子供の中にしか見出せなくても――親友の名越と父親はどこか似ているところがあった。自分なりに解釈したマレンは微笑み返し、こくりとうなずく。

「……わかったよ」

そろそろ時間だ、はじめるとするか、と名越は子供たちの前に立つ。

「おい、逆上がりができない雑魚《ざこ》ども」

マレンはこの場から逃げ出したくなった。ブーイングが起こるならまだしも、強情に、頑固に下を向く子供たちの姿が痛々しい。

名越の口上はふるっていた。

「どいつもこいつも下向きやがって。いいか、よく聞け。今日はなあ、頑張ればできる、とか、やればできる、みたいな、おまえらの耳にタコができて、もう意味すら蒸発してなくなったようなポジティブワードはぜったいいわないからな」

うっ、と呻《うめ》き声をあげる小さな子供がいて、名越の次の一撃がどうでるかひやひやしたマレンは、急いで名簿を読みあげて出欠確認を取った。不穏な流れを断ち切る気持ちで、爽《さわ》やかに、礼儀正しく。子供たちは一同、ほっとしている。

後藤……。気になる名字の子供がいた。小学一年生の男の子で、休日に後輩の後藤朱里と手をつないで歩いているところを見かけたことがある。すかさず名越に視線を送った。アイコンタクトに気づいてくれない彼は、檻《おり》の中のゴリラみたいに行ったり来たりしていて、まだいい足らなそうな様子で前に出る。

「どんなに努力しても、どうにもできなかったから、おまえらはここにいる。だがな」と鼻先を親指で擦《こす》り、白い歯を見せる。「そんなおまえらを、俺は嫌いになれないぜ……」

たかが逆上がりでそこまでいわれる筋合いはないと、ようやく気づいた小学三年生くらいの男の子が名越のすねを蹴《け》って体当たりした。バランスを崩して倒れた名越に子供たちが次々と飛びかかり、取っ組み合いの喧嘩《けんか》がはじまったが、とめに入るほどの深刻さはなく、肝心の大学生コーチのふたりも欠伸《あくび》を噛《か》み殺しているので、いつもの光景なんだなと思い、それでも傍《はた》から見るマレンにとっては中途半端な地獄絵図のように映った。いや、子供たちの奮起と団結が生まれただけすこしマシなのかもしれない。実際だれひとりボイコットして帰ろうとせず、滞りなく逆上がりの練習がはじまったのだから。

僕はここでいったいなにを？　と疑問を持つのは、名越と関わっている時点であきらめるしかなさそうだった。しかし、学校と部活から切り離された空間というのは、ずいぶんひさしぶりの気がした。子供たちに逆上がりを教えていたマレンは、床に落ちた小さな紙の切れ端に目を留める。体育館の空調から吹きこむ風にあおられて舞い上がり、くるくると旋回して、ひらひらと床に落ちていくさまを見つめた。

小さな紙の切れ端になにかが印刷されていた。既視感を覚えて指でつまみ上げる。以前、演劇部の部室で名越の額に貼りついていた絵柄だ。ハンドベルと思っていたが、冷静に眺めると、ハンドル部分がないベルだとわかった。そして数字がある。

近くにゴミ箱がないのでジャージのポケットに入れると、鉄棒でフンフン唸《うな》る男の子に近づいた。参加者の中で達成が一番難しそうな子だった。事前に名越が全員に配ったチェックシート通りにやらないし、腕が伸びきっているからひと目でわかる。

「まずは両手の間に両足を通す、足抜きまわりからはじめてごらん」

男の子の二重の目が動いて一瞬こっちを向いた。手本を示すと、黙ってうつむいてしまう。吹奏楽でも、教えを請うのが苦手なのは男子が多い。丸投げの女子にも困るが。

「あっちの練習もいいよ」

マレンは指を差した。そこでは名越が子供たちを集め、マットの上でゴロゴロと後転の練習をさせている。後ろまわりという意味では、逆上がりと基本的に同じ運動だ。自宅でもできるから、理にかなった練習方法かもしれない。「へそ見てまわれ」とか「背中を伸ばすな」などと、口角泡を飛ばし、前のめりで周囲をねじ伏せるような彼の舌鋒《ぜっぽう》は健在だった。それでいてなぜか嫌われない。そもそもさっきの喧嘩でも垣間《かいま》見《み》たが、彼は自分が笑われたり反抗されることに鷹揚《おうよう》なのだ。往々にして、でたらめであやうく、そしてろくでもない。波風立てずに生きていこうとしていたマレンとは対照的に、真似のできないクレイジーさというか、器というべきか、佇《たたず》まいがある。

鉄棒を両手で握る男の子に視線を戻す。彼は悔しそうに口を曲げていた。それから顔をぷいとそむけ、だれにともなくつぶやく。

「……なんで、逆上がりなんて」

マレンも不思議に感じていた。アメリカに住んでいたとき、体育の授業でやったことがなかった。逆上がりの強要は日本独自の風習に思える。

男の子に、どう言葉をかけようか迷う。

吹奏楽部の穂村が、譜面の調について、なんで覚えなければならないのか、と初心者らしい素朴な疑問を投げたことに通じるかもしれない。

「あのさ」と、マレンは屈《かが》んで男の子に話しかけた。「逆上がりはできなくてもいいんだよ」

男の子は顔を上げた。その目に驚くような気配があった。数秒間、視線がマレンの顔に留まっていた。まわりにいる子供も救いを求めるように次々と反応する。子供のまっすぐな視線、心を隠すことが身についていない視線をはじき返すのは苦労が要る。下手なことはいえなくなったとマレンは緊張した。

「逆上がりができないまま大人になっても、たいして困ることはないと思う」

男の子は身を乗り出して、「や、やらなくていいよね」と急に声を弾ませる。「だいたい船が海の真ん中で沈んだり、飛行機が落っこちたとき、逆上がりなんてなんの役にも立たないもん」

「それはいえる」

「だよね」

「リコーダーや、読書感想文や、縄跳びだって、役に立たなかったり、大人になってから必要のないものばかりだよ。だからといって、やらなくていいって考えちゃうと、自分で将来の道をどんどん狭めてしまうことになるんだ。できなくてもいいけど、やらなくていい、というのはもったいないな」

きっと草壁先生ならこういうだろう、と思って慎重に喋《しゃべ》った。

世の中は、無用の長物ほど美しい。サックスを教えてくれた父親の言葉もよみがえる。

男の子はむくれたように下を向いた。しばらく沈黙がつづいた。やがて、不服そうに唇を尖《とが》らせて、「……結局、やらなきゃ駄目ってことじゃん」

「駄目じゃないけど、やってみなければ、そこに追い風が吹くのか、向かい風が吹くのか、風がないのかもわからないよ。その点、きみはちゃんとやっている」

「きみ?」

「そう」

「ぼくのこと?」

「ああ」

男の子はすこし照れた様子を見せた。かたく突っ張っていた心がくにゃっと曲がった。そんな印象を受けた。「やってもできないよ」

「向かい風だ」

「……うん」

「まだ吹いてる?」

「うん」

「もう一回、やってごらん」

「えー」

マレンは一歩退いてスポーツタオルを取り出した。男の子の背中から脇に通して、両端を鉄棒と一緒に握らせる。スポーツタオルが男の子の腰を支えることで、身体が鉄棒と密着し、今度は嘘みたいに簡単にまわれた。

「ほら、できた」

男の子はツボにはまったのか、感情の高まりを覚えたのか、「なにこれ、ずるいよ、これ」とキャッキャと笑った。スポーツタオルを補助ベルト代わりにし、楽しそうに逆上がりをつづける。

「これなら、いつでも、どこでも、逆上がりが最後までできるようになるよ。ずるくても、この感覚を忘れないようにしよう。ちょっとしたコツは、きみの苦手を丸ごと変えちゃうかもしれないんだから」

男の子の持ち物でマグタイプの水筒があった。マットの上に転がっていたので安全な場所にどける。水筒の底に書かれた小さなローマ字を見た。AKARI。後藤朱里。姉のお下がり……。やはりこの男の子は吹奏楽部の後輩の弟のようだ。思いもよらない場所で縁ができたことを知る。

ぼくも、わたしも、とまわりにいる子供もタオルを使って真似をした。コツがわかると楽しくなり、楽しくなるとさらに奥が深いことを知る。はじめて自力でできたのが嬉《うれ》しそうで、顔中に笑みが広がり、くるくるまわっている。

腕組みをした名越が近づいてきた。上達の糸口をつかみかけた子供たちをじろりと睥睨《へいげい》したあと、ふむ、と大仰にうなずいて、

「今日の特訓で逆上がりができなかったら、おまえら子宮からやり直しだ」

捨て台詞《ぜりふ》を吐いて去っていった。もう我慢できない、あいつをぶっ殺す、と子供がひとり追いかけていき、背後から跳び蹴《げ》りを食らわせた。マレンはとめなかった。

3

休憩時間の間、マレンは名簿にチェックを入れながら体育会系の大学生のコーチか

らアドバイスを受ける。教えるのがうまいね、きみ何部？　吹奏楽部？　練習が大変じゃないの？　こんなことしていていいの？　いや、僕もなにがなんだか――という会話の中で、名越のバイトが今日で最後なのかどうかをそれとなくたずねてみた。

ああ見えて親からのクレームがまったくこないのが不思議なんだよなあ、と名越のバイトの終了を惜しんでいたので、自分との約束を守ってくれたのだと知る。

いくつかわかったことがあった。

バイトの雇用主はスポーツ家庭教師の運営会社ではなく大学生の彼らだった。あくまで手伝いであり、お駄賃という形を取っている。週一回、ふたりで三千円。割のいい労働とは思えない。大学生の彼らはもっと払いたかったが、名越と藤間は、「それ以上要りません。いや、金はほしいんですけど、ちょっと説明が難しくて」と固辞したという。それどころかバイトが終わると、ふたりは近所のお好み焼き屋に寄って三千円を使い果たすことがあるらしい。

バイトの目的は、名越の言葉通りなら（演劇にはいろいろ機材が必要なんだよ）のはずだ。お金を貯めて買うつもりじゃなかったのか？

あとで問い質《ただ》そうと名越のいるほうに視線を向けた。彼は鉄棒付近で参加者の子供たちに囲まれている。真面目にやれ、でぶ！　とか、先生うるせー、ばーか、などとやり合っているが、やはりそこに深刻さはなく、むしろ子供たちは日々の鬱憤《うっぷん》を晴らしている様子で楽しそうですらあった。自信なげで無口に見えた女の子も、キャハハハ、と背中を仰《の》け反らして笑っている変貌《へんぼう》ぶりだから相当なものに思えた。なにか漠然と、ぱっと目が覚めるような出来事はないかな、と待ちつづけている子供にとって、彼の存在ははじめて見るライオンやゾウのように刺激的なのかもしれない。

みんなの輪から抜け出し、マレンに向かって息急《せ》き切って走り寄ってくる男の子がいた。「先生、先生」とすっかり打ち解けた後藤だった。「ねえねえ、お姉ちゃんと同じ学校で、同じ部活って本当？」

特別扱いはよくないので黙っていた。名越が教えたのか。

「ああ、そうだよ。朱里さんのトロンボーンは、僕たちのバンドに欠かせないんだ」

後藤は目をくりくりさせて、「朱里さん！」と叫ぶ。もう一度、「朱里さん！」さらに手足をジタバタさせ、大声で、「朱里さぁぁぁん！」

名越なら頭突きをするところだが、無邪気な子供が大好きなマレンは丁重に説明した。「部活ではさん付けで呼ぶようにしているんだよ」

「へえ、そうなんだ。お姉ちゃんはね、世界一のお姉ちゃんなんだよ。最近、ぼくの家で起きたポチ事件をひとりで解決しちゃったんだから！」

「ポチ事件？」

「うん。ポチの飼い主を見つけてくれたんだ！」

捨て犬の里親探しでひどい目に遭った……という話をカイユから聞いた覚えがある。協力者の彼がいなかったことにされているので、どうやら弟の前では手柄を独り占めしたようだ。世界一の姉の威厳を保つのは大変なんだろう。

「最近、お姉ちゃんはね」後藤は得意になって喋る。「新しい部長ってひとのことをよく話すんだよ」

後輩の目から、現在の自分の姿がどう映っているのか知りたい衝動に駆られる。

「……朱里さんは新しい部長のことをなんていっているの？」

「休日に犬とフリスビーで遊んでいるような素敵な先輩だって！」

「そ、そうなんだ。ほ、他には？」

「カミジョウ！　クサカベ！　吹奏楽部は天国です！　目の保養地です！」

他人の評価が気になるという不徳を、神が子供の声を借りて戒めているのだと思った。後藤はうずうずと内緒話をしたそうな素振りで、「先生、先生」とマレンの腕を引っ張る。まわりに目立たないよう、ふたりはしゃがみこんだ。

「なんだい」

「あのね、もうひとりの先生があそこにいるでしょ」

「名越先生のことだね」

後藤は首がもげるほどうなずき、声を潜めていう。「さっき聞いちゃったんだ。あの先生、ぼくたちからカネを巻き上げようとしているんだって」

「え」

「ウン万とか、ウン十万って」

「まさか」

「……いけないことなんでしょ？」

子供独特の大きな黒い瞳《ひとみ》にじっと見つめられ、マレンは沈黙した。親友に限って、そんなことをするはずがない。

だが、いま一瞬、その自信が揺らいだ。週一回、額が多いとはいえないバイト料を、その日に使い果たすことがあるのはなぜだろう。演劇部に必要な機材がほしいのではなかったのか。

マレンはなにがあっても名越の味方でいようと思っている。体育館の窓から射しこむぼんやりとした日差しを眺めながら、決意がかたまるのを待った。

「わかった。あとで名越先生に聞いてみるよ」

「うん」

「きみたちから大切なお金を奪うようなことはぜったいにない。なにかの誤解だ」

「そ、そうだよね！」

後藤は元の場所に戻り、マレンは自らの眼差《まなざ》しにぐっと力を込める。かつての自分の苦境を救ってくれた、名越に対する純然たる信頼感をその視線に同化させた。

時間内に逆上がりができなくて、しょぼくれた子供たちを前に、名越はいった。

「俺様のメールアドレスをおまえらに授ける」

一枚一枚、整理券のように紙切れを配っていた。参加者二十一名中、逆上《ひね》がりができなかった子供は六名で、「なんなんだこの教室は」と、しきりに首を捻る大学生のコーチが鉄棒やマットの片付けをやってくれる間、マレンは紙切れを大事そうに持つ子供たちに目を留め、タオルで顔をごしごしと拭《ふ》く名越に声をかける。

「あの子たちの面倒、最後までみるつもり？」

「できる範囲でな。相談にのってくれるひとがいるってだけでも心強いだろ」

「そう……」

「実はさ、俺が逆上がりできたのは中学生になってからなんだ」

「今日の参加者、全員怒ると思う」

名越は無視して、「どんなに努力しても逆上がりできない子はいるし、訓練しても音痴が治らないひとだっている。いいんだよ、全然。世の中にちゃんと認めてくれるひとが増えれば悩むことはなくなるんだ。もうあいつらの問題じゃなくて、まわりにいる俺たちの問題なんだよ。そういうのはマンツーマンできっちり伝える」

うまく丸めこまれた気もするが、この親友を一瞬でも疑いかけた自分を恥じた。しかし後藤と約束した以上、確認だけは取らなければならない。

「名越、話があるんだ」

「こっちもある」

「え」

「びっくりだぜ」名越はマレンの肩に腕をまわし、ぐいと引き寄せた。今日の教室で逆上がりが成功し、表情が弛緩《しかん》しきっている子供たちを指さしていう。「こいつら、この間の体育の授業でヒップホップダンスをやったんだってよ」

「いいじゃないか」

言葉にできない、本人にもわけのわからない憤懣《ふんまん》やエネルギーを、踊るという形で解放している少年少女をアメリカで見てきた。上条と穂村がいうには、日本において同じような発散を行うには、夕焼けの河原で殴り合うしか方法がなかったのだという。本当かどうかは疑わしいが。

「ダンスより先に演劇だろうが」

名越が大声を出し、ああ、はじまったとマレンは額に手をあてたくなる。案の定、帰り支度をしていた子供たちがふっと嘲笑《あざわら》い、「あんなお遊戯、やってられないよ」とか、「うん」などとうなずき合う。名越という未体験の刺激物のせいで、短時間で子供たちは仲間意識を強くしていた。

「なんだと」よせばいいのに名越はムキになった。「演劇をやっておけばなあ、喋《しゃべ》り言葉や説得力のあるスピーチの勉強になるんだぞ。トーンや目つきや表情の力をなめんなよ。漢字の書き取りばっかりやっているとつまらねえ人間になるぞ」

目の前に生きた見本がいるので、一定の説得力はある。なんてことはなかった。

「別にスピーチなんて」

ぶーぶーと文句を垂れ、騒ぎ立てる子供たちに対し、名越は会話のハードルをどんどん上げる。

「おまえらにはまだ十年早いが、『英国王のスピーチ』って映画があってな、主人公の王子が『僕はスピーチができないから王様になる資格がないんだ』というシーンがあるんだぞ。勉強ができなくても、作文が下手でも、喋り方ひとつで大統領や指導者になれることを知らないのか」

名越、勉強も大事だよ、とマレンは彼のジャージの袖《そで》をつかんで引き、たしなめた。

意味がまったくわからなくても、鋭利な観察眼でまじまじと眺め、聞き耳を立てる子供が何人かいる。少子化に伴う部活動の存続が危ぶまれる中、この長《た》けた弁舌で、演劇部は部員をかろうじて確保していた。吹奏楽部もうかうかしていられない。ある意味、強力なライバルだ、などと感心している場合ではなかった。

名越が抵抗する。「ええい、離せ、離せ」

「落ち着いて、落ち着いて。舞台じゃないんだ」

彼ははっと夢から醒《さ》めたような顔をして、「まさか、ここは病院で、おまえは……医者なのか？」

「いきなりなにを」

「いやあ、実は以前、上条とこんな戯曲をつくったことがあってさ（『掌編　穂村千夏は戯曲の没ネタを回収する』参照）。俺はあいつの無駄な才能と、女子に一ミリも好かれようとしない姿勢が好きだぞ」

「ごめん。僕にはさっぱり」

「……ああ、そういえば、話があるんだったな」

「やっと思い出してくれたんだね」

「内緒話か？」

名越が身体を翻したので、更衣室まで移動した。背後からタタタと、明るいリズムと軽快さのある足音が響くので、ちらっとふり返ると、数人の子供たちがついてくる。面白いことはぜったいに見逃さないといわんばかりに瞳を爛々《らんらん》と輝かせていた。名越の背中に小声で伝えると、「目を合わせるな。サルと同じだ」とリンゴやバナナを与えたも同然な当人がひどいことをいう。背後で、おーい、帰るなよー、まだなんかあるぞー、と、子供たちが招集をかけて増殖する気配があった。

更衣室に入ったふたりは扉を閉めた。入れろー、と外側からドンドン叩《たた》かれ、マレンは背中を扉に押しつける。

話を切り出す前に、大きく深呼吸するような気持ちになった。決めつけてはいけないと思った。「名越。僕に隠しごとはしていないよね？」

名越の片方の眉《まゆ》がぴくっと動いた。黙りこむと、なにかを考えるふうに顎《あご》の先を指で掻《か》く。それから伏し目がちに視線を逸《そ》らせた。

「おまえに隠しごとはしないが、今日まだ話していないことはあるな……」

入ーれーろ、入ーれーろ、と扉の外からシュプレヒコールのような叫び声が聞こえた。

「話していないことって？」

「目標の十万まで足りないんだ。このバイトを利用して、外にいるあいつらから集めようと思っている」

拍子抜けするほどあっさり疑惑を肯定したのでショックを受けた。説明を求めるために名越の顔を厳しい表情で睨《にら》む。

「……自分がなにをいったか、わかっているの？」

名越は頬をかたく強張《こわば》らせ、「俺にカネがないからしようがないだろ」と完全に開き直ったしぐさでマレンを見返す。

「相手は小学生じゃないか」

「ばれなきゃいいんだよ」

マレンは困惑し、いいつのった。「やっていいことと悪いことが」

「カネを効率よく集めたいんだ」

名越の変わりように、刃物で胸を切られるような感覚になる。「どうしたんだ、いったい……」

「あいつらより、俺が持っているほうが使い道がある」

「名越」気がつくと彼のジャージの胸元を右手でつかんで、ロッカーに押しつけていた。親友にこんな悲しい態度を取るのははじめてだった。「……見損なったよ。そんなに金が大事なんて」

名越の目の中の焦燥が薄れ、自己保身的な表情にとって変わる。「もう遅いんだ」

「遅い？」

「ちゃんとおまえの分け前も考えている。な？　協力してくれよ」

分け前……。自分の顔からすっと血の気が引く感覚がした。

名越はマレンの腕をふりほどき、「頼むよ。カネが要るんだ。カネさえあれば機材が手に入るんだ」とコメツキバッタのように腰を折り、手を合わせて懇願する。

「金、金、金って」

「あれはな、捨てずに集めてみると意外といいものなんだぞ」

「名越、僕は」

「俺も最初は鼻で笑っていたんだ。でもな、調べれば調べるほどアリだと思えるようになったんだ」

マレンは曖昧《あいまい》に首を傾げ、眉《まゆ》を顰《ひそ》める。なにか、大きな誤解が横たわっている気がした。空咳《からせき》をしてから念のため確認する。「……金、だよね？」

「いまは鐘《カネ》の話をしているんだが」

「金？」

「鐘」

「Money？」

「Bell」

その言葉から連想するものがあり、マレンは急いでジャージのポケットの中から、先ほど拾った紙の切れ端を取り出した。ハンドル部分がないベルの絵、そして数字。手のひらの上に載せて眺める。「体育館で拾ったんだけど」

「おお、それだ、それ。たぶん俺が落としたんだな。点数がついているだろ」

「点数？」確かにあった。「これは二点かな」

「ベルマークっていうんだよ。食料品や日用品の包装紙についている小さなマークだ。交換レートは一点＝一円。そうか。マレンは知らないんだな」

日本に住んで八年。楽器のマークなのに意識すらしたことがなかった。買った商品についているのか。この絵記号《ピクトグラム》が。「これ、集めるつもりなの？」そして強調していった。「十万円分も？」二点なら五万枚だ。想像つかない。

「確かに集めるのは大変だ。いや、単純に集めるだけならまだマシだ」

「え」

「少々ややこしいシステムがあってな、換金までが面倒臭いんだよ」

押すな、押すなってば、といつの間にか子供たちが更衣室になだれこんできて、わくわくする世界の片隅にいる、という期待に満ちた顔で、じっと聞き入っている。

マレンは痴話喧嘩《ちわげんか》を見られたような気恥ずかしさを覚え、顔を耳まで赤くした。

「これを鐘と呼ぶなんて、紛らわしいと思わない？」

「おまえが誤解したようだから、つい、面白くて……。まあ、表立ってベルマークと呼べない事情もあるんだけどな」

「事情？」

「話すと長くなるぞ。長すぎて呆《あき》れるほどつまらない話になるが」

腕組みしていた自分の姿勢に気づき、マレンは腕を下ろした。そして、ようやく決断した。

「うん、だったら聞くのをやめるよ」

早く終わって吹奏楽部の練習に合流したかった。成島が待っている。

「待て、待て。俺は喋《しゃべ》りたいんだっ」ここにいる子供以上に、子供じみたわめき声が響いた。つづいて彼は哀願する口調ですり寄ってくる。「ごめんよ、マレン。さっきはおまえをからかったりして」

「はあ」

「いまから話すのは、ある種の埋蔵金をめぐる話だ。胸躍る気持ちになれるぞ。なんていったって、市内に大量のベルマークが眠っていることが判明したんだからな」

名越の眼光が鋭くなり、鼻息を荒くしながら語りはじめる。床に座りこむ子供たちは、なんの話？　埋蔵金？　ワンピースの話をしろよ、などとつぶやいていた。

4

きっかけは部費の現物支給だという。

話は五月にさかのぼる。

演劇部の部室に当時生徒会長だった日野原秀一《ひのはらしゅういち》がおとずれ、「予算が足りないんだ。

これもやるから我慢しろ」と段ボール箱をふたつ置いた。なんだなんだと開封すると、中に入っていたのはベルマークの山だった。学校のPTAが集計作業を投げ出した、実に十年ぶんのものだという。生徒会長の噴飯ものの行為に、演劇部の部員たちは荒れた。北の部室からミサイル持ってこい、日野原にぶつけて俺も死ぬ、と叫ぶ部員もいて、南高の生徒は総じてこんなやつらが多かった。

ここで整理する。

ベルマークは協賛会社とPTAと財団が三位一体で推進する運動の呼称で、商品の包装紙に印刷されたベルマークを集めて財団に送ると、点数分の備品が購入できる。つまり運動の参加登録は、幼稚園や学校や公民館などに限られる。

作業の流れと仕組みは次の通りになる。

①商品の包装紙から、五ミリから二センチくらいのベルマークの部分をハサミかカッターで切り取る。紙ならまだしも、フィルムに印刷されている場合、くるくると反り返って鼻息でも吹き飛んでしまう。スナック菓子の場合は、油でべとつく。

②協賛会社別に仕分けしたうえで、さらに点数別に分けて集計しなければならない。その数は約千種類を越える。なお財団がチェックして数えやすいよう台紙などに貼るのが好ましい。

③仕分けと集計を終えたベルマークを財団に送ると、協賛会社から点数に応じた金額

が指定の銀行口座に入金され、晴れてベルマークがお金になる。
④「お買いものガイド」という専用カタログに載っている品物から、欲しいものを選んで購入。その購入金額の十パーセントを、協賛会社は財団の「へき地学校援助資金」に寄付する。財団はこの資金を使って国内外のさまざまな分野で援助活動を行う。つまり自分たちの学校の設備品を買うと、同時に他の困っている学校などを助けることになり、震災などによる被災校にも援助物資が送られる。
なお、指定の銀行口座に入金されたお金は、財団との契約によって現金化できない。

名越は更衣室にあるホワイトボードとマーカーを使いながら、そこにいる全員に間違いなく聞こえる、大きな声で説明していた。かと思えば、普通にスッと喋らず、重々しく意味ありげな間をわざと置いたり、急に嚙んで含めるような口調にして、相手に耳を傾けさせる。自分の口にした言葉が、きちんと届いているかどうかを確認するために。

こんな感じで、南高の旧校舎に追いやられた文化部の面々は、存在を積極的に発信しないと生き残れないため、プレゼンがうまい。悲しい習性だった。彼は荷物の中からベルマーク新聞という気になる新聞を取り出すと、それを丸めてぽんぽんと片手で叩《たた》きながら口を開く。

「うちの学校のPTAがギブアップしたのは①と②の段階だ。聞くところによると、半日を費やしても二千点にいくかいかないかだったそうで、それでも辛抱強くつづけようとしたら、ある保護者から、『同額寄付するから、この制度を辞めてほしい』と身も蓋《ふた》もないことをいわれて、すっかりやる気をなくしたらしい」

あらゆる意味で、しきりに頭を捻《ひね》る子供たちに交ざって、マレンは、「あの」と挙手した。

「なんだ」

「やっていることは、たとえば……買い物に応じて貯まるポイントシステムだよね」

「そうだが」

「デジタル化とIT化が進んだ世の中で、なぜそんなアナクロ（アナクロニズム。時代錯誤の意）な方法を?」

なんとなく感じ取れるものがあるのか、子供たちがざわつきはじめる。

「五十年以上もつづいているんだ」

聞き入るマレンの眉間《みけん》に皺《しわ》が寄った。ますますわからない。謎だった。

世界に類のない日本独自のベルマークが五十年以上もの時代をくぐり抜けてきたのには、当然理由があるはずで、そこにはなにか俺たちの将来につながる大事なヒントが隠されているかもしれない。だから前向きに調べてみることにした。決して暇だからじゃないぞ。ここで聞いているおまえらは、来年の夏休みの自由研究にしてもいいからな。なんていったってベルマークの収集は、種類の多さからポケモンに近いところがある。意外な商品に意外な高得点がついていたりするから、夏休みの間に集めたベルマークを昆虫標本みたいに貼りつけて先生の度肝を抜いてやれ。

おっと、話が逸れたな。

結論を先にいうと、財団の「へき地学校援助資金」には、ばらつきこそあるものの、発足以来、平均して年間約七千万円の寄付金が集まる。正確には相当の設備品の寄贈だが、寄付の文化が根づかない日本で、ましなシステムとして機能しつづけているんだ。ちなみにベルマークで換金したお金が、財団の運営費にまわされることはいっさいない。

ベルマークの最大の問題点は、さっき話した通り、①と②における仕分けと集計の非効率さだ。地域のひとたちが集まって手間隙《てまひま》かけてひとときを共有することに意味を見出そうとしているが、要求される作業量が半端じゃなく、とても面倒臭い。だからPTAの活動に取り入れたばかりに、半ば強制的にベルマーク委員に任命された保護者が、「勘弁してくれ」と悲鳴をあげるケースがある。

以上のことからベルマークの特色を乱暴にまとめてしまうと、「経済的効果」と

「精神的成果」が並存している点だと思う。効率化を求める現代で、あえて「非能率の効用」を打ち出す財団を批判するつもりはない。この頑《かたく》なに仕組みを変えようとしない姿勢は、夏の高校野球に近いものがあると俺は睨《にら》んでいる。

「箱根《はこね》駅伝もそうじゃね？」

子供のささやき声がして、ついていけないマレンは焦って首をまわした。

「こらっ、しーっ。危なっかしいことを喋ると、黒いサングラスをつけた怖い大人がやってきて連れ去られちゃうぞっ」

名越が冗談とも本気ともつかないことを叫び、子供たちがぶるぶる震える。軍事的鍛錬がルーツで、古い精神論が幅を利かせている点で批判があるらしい。とはいえ、たとえばアメリカのメジャーリーグやヨーロッパのサッカーリーグだって同じ理由で若手選手を酷使する。いつの時代も、どの国も、似たようなものだった。

マレンはあとで成島から知ることになるが、某男性アイドル事務所のファンクラブの会費徴収もデジタル化が導入されず、手書きの郵便振込といった昔ながらの方法を堅持し、面倒なプロセスの中で己を見つめ直し、自問する自分が好きになるのだという。なぜ彼女が詳しいのかは怖くて聞けなかった。

「ここで話が偏らないよう、ベルマークの制度をうまく活用しているひとたちの存在に触れておく」

　名越がいい、「いるんだ？」と、マレンは素直に驚いた。

「いるから、さっき話した『へき地学校援助資金』に寄付金が集まるんだ。手間隙かかって、無駄で、面倒臭い作業の中にあえて首を突っこんで、自分たちのやりやすい集計方法を見つけている。いいか？　現状に不満ばかりいって、いつまでも、クリーンで平等で、理屈が通って、だれでも頑張れば報われる機会を待っているようでは、成功しているひとと、その他大勢のひととの差は生まれない。ここでは便宜的にベルマーク強豪校と名づけて話を進める」

　ベルマーク強豪校……。だんだん部活動みたいな話になってきて軽い混乱と警戒を感じた。これまでの名越の得々とした饒舌《じょうぜつ》ぶりから察するに、日本のどこかにあるベルマーク部が活躍する戯曲の新ネタを、すでにつくりはじめているのかもしれない。

「さあさあ、楽しいクイズだ」名越が場を盛り上げようと試みた。「全国集計ランキング上位三十校に入るためには、一年間にどのくらいのベルマークを集めればいいと思う？」

　案の定、だれも手を挙げない。子供によくある、ぽかんとしてなにも考えていない目を名越に向けている。彼が口角を上げ、口先をやや突き出した顔でそわそわしたので、仕方なくマレンは代表して口を開いた。「二、三万点かな？」

「ベルマーカーをなめんなよ」新たな造語が飛び出て、マレンも、子供たちも、困惑する。「二十万点だ。上位五位になると五十万点以上。ベルマーク強豪校の顔ぶれはほぼ変わらないから、毎年その金額ぶんの備品をゲットしていることになる」

「あ、あのぅ――」勇気のある子供がひとり、口をぱくぱくさせてから、ようやく声を発した。「ニ、ニ……ニンテンドーDSはもらえるの?」

「そういう質問は大好きだぞ。残念ながら特定の個人で楽しむようなものは対象にならない。学校で代をまたいで使えるものだ。そこで俺は『お買いものガイド』を取り寄せて読んでみた」

「どうせ跳び箱とか、サッカーボールだよな」

と、他の子供たちの間から苦笑がもれる。

「いや。腰を抜かすぞ。年々進化していて、学校にあったらいいな、というものが、ほぼ網羅されているどころか、ありとあらゆる商品が掲載されて、『え? これも?』と驚くこと受け合いだ。最新型のノートパソコンやデジカメ、DVDレコーダーや空気清浄機は序の口で、面白いものでは、幻の遊具『グルリン』や、子供に大人気のプール用の滑り台があったな」

幻の遊具グルリン……? 怪獣の名前みたいなそれはいったいなんなのか。日本の文化に興味のあるマレンは前のめりになって想像をめぐらせる。

「防犯設備も売れ筋らしいぞ。世の中は物騒になった。学校側の対策が後手にまわっているからPTAや子供たちが動く。財団も協賛会社も本気で応《こた》える。ちなみにあるメーカーは、ベルマークを切り取りやすいよう外装フィルムの繊維の向きを調整しているそうだ。こういったメーカーの努力に気づいてあげてこそ、真のベルマーカーといえるんじゃないのか？」

名越があまりに熱弁を奮うものだから、よくわかんないけど、すごいんだな、全然わかんないけど、ヤバそうだな、という驚嘆の声があちこちから聞こえてきて、子供たちのスポンジ並の吸収力の萌芽《ほうが》の瞬間を見てしまった。

半面、後藤をはじめとする低学年の子供は、遊び疲れたようにコックリコックリと船を漕《こ》ぎはじめているので、やっぱりそうでなくてはいけないと思った。

それにしても名越の口上はだいぶ広がりをみせていた。元はといえば、男同士、ふたりの話し合いなのだ。物事の収まるべき秩序を取り戻すべく、マレンは彼のそばまで歩み寄る。

「それで名越は、日野原会長からもらった段ボール箱ふたつぶんのベルマークの山をどうするつもりなの？」

「いっておくが、仕分けされていないし、未集計の状態だったんだぞ。ゴミ同然だ」

ゴミ同然……。「なおさら知りたい」

「さっき、俺はベルマーク強豪校の話をした」

「ああ」

「それはごく一部であって、実際は落ちこぼれ校のほうが多い。ここでいう落ちこぼれ校とは、やる気がどうしても起こらない学校か、時代に合わなくなって事実上活動を停止した学校だ」

「うん、うん、わかる」だれも責められないと思う。

「もちろん南高はベルマーク落ちこぼれ校だぞ」

「強調しなくていいよ」

「ベルマークは、たくさん集めないとたいしたものが買えないから、落ちこぼれ校はだらだら貯《た》めていくことになる。仕分けも集計もされないまま貯まったものはベルマークの塩漬け状態と呼ばれていて、中には五年もの、十年ものがあるんだ」

そろそろ話に飽きたのか、所在なげに更衣室の子供たちが騒ぎはじめ、暴れはじめる中、名越はマーカーを使ってホワイトボードに文字を書き足していく。

A校　一万三千点
B校　一万五千点
C校　一万点
D校　一万二千点

「塩漬け状態のベルマークはせいぜい一万点強だ。たとえばこのように、A校からD校まで集めていたとする。五万点ぶんの備品が欲しくても、どこも買うことができない」

マレンは相槌《あいづち》を打って先を促した。

「しかし、それぞれのベルマークを一校に集めてしまえば、五万点ぶん確保できる」

「できるんだ？」悪巧みに思える。

「まあ、堂々とやることじゃないよな」

表情豊かな名越の目が泳いだので、おおよそ察しがついた。彼がいった（表立ってベルマークと呼べない事情）とは、コソコソ隠れて融通し合うことではないのか。それはそれで別の問題が生じてしまうが、貯まりすぎてゴミ同然になっていたベルマークの有効活用と捉《とら》えれば、理解できなくもなかった。学校の備品購入で使うわけだし、寄付も行われるから、理念は一応果たしているといえる。

「塩漬けってことは、仕分けと集計の作業はまだ残っているよね？」

マレンは名越と昼休みを過ごしたときのことを思い出した。記憶が確かなら、演劇部の部室の片隅に、段ボール箱とハサミとセロハンテープが転がっていた。

「ああ。試しに演劇部総動員でやってみた。蒸し暑くて窓を開けようものなら、風で飛ぶんだよ、あれは。『千円出すから帰っていいですか？』といいだす部員があらわれて（大塚《おおつか》のこと。『決闘戯曲』参照）喧嘩《けんか》になった。俺たちには無理だ」

血の気の多い演劇部員のことはよく知っている。目に浮かぶ。「それで？」

「塩漬け状態のベルマークをなんとかできないものかと考えていたのは、俺たちだけじゃなかった」

「え」

「市内のある女子中学生も同じ悩みを抱えていて、問題を解決するアイデアを出した。試しにクラスの友だちの弟を通じてやらせてみたそうだ。それがうまくいった」

うまくいった？

意外な話の展開に、マレンはつかのま沈黙する。

5

ようやくマレンの口から声が出た。「アイデアっていったい……」現在まで、堅固ともいえる、不変のベルマークのシステムを、一介の女子中学生がどうやって突破したのか気になる。

「歳下の女の子でも思いついたんだ。当ててみるか？」

名越にいわれ、マレンは無言で考えにふけった。ベルマークの仕組みについては、すでに説明を受けている。

「ルールに抜け道があった」

「五十年以上もつづいているんだ。だれかが気づきそうなものだろ」

困った。自分にわかるだろうか。

迷ったときは基本に立ち返ることにしていた。

アメリカに住んでいた頃、ボーイスカウトの体験入団をしたことがあった。あのときのオリエンテーリングを思い出す。地図にない抜け道や裏道より、陽のあたる表通りを選んだほうが目的地になぜか早く着く。

こめかみに力を入れて考えをふり絞った。そのとき、ジャージのポケットの中にある携帯電話が振動した。取り出して見ると成島からのメール着信だった。今日は草壁先生が不在の練習メニューなので、逆上がり教室の空き時間に〈どんな調子？〉と短くメールを打ったことを思い出す。返信には〈マレンがいなくなった途端、学級崩壊みたいな感じになりました〉とある。〈演劇部と一緒で楽しいですか？〉と身が凍るような一文も添えられていた。名越や、子供たちが見ているので、努めて悠々と落ち着いてみせるが、心のどこかがびくびくするのを感じた。

「名越。ひとつだけ、はっきりしていることがわかったよ」

「なんだ？」

「強豪校と、落ちこぼれ校の違い」

名越が黙って聞いているので、マレンはつづけた。

「ベルマークの場合は、やりたいというひとたちがいる一方で、やりたくないというひとたちがいる」

「確かにそうだな」名越は顎《あご》を手のひらでさすってニヤニヤしていた。

「仕分けと集計方法は変わらない。結局、だれかがやらなければならない仕事は依然としてある」

つまるところ、
あと一本手があれば――

という、楽器のハンドベルの悩みに通じるものがあるのではないか？

「名越はいったじゃないか。女子中学生は、友だちの弟を通じて、やらせてみたって。代わりをやってくれるだれかを探したんだよ。当然、時間が有り余っているひとだ。人数は多いほどいい。名越、僕には街の老人たちしか思い浮かばないよ」

「正解だ」

「え、嘘。正解なんだ」いささか肩すかしの感は拭《ぬぐ》えなかった。

「市内にいくつかある老人ホームに協力を仰いだんだよ。小学生がベルマークの詰まった段ボール箱を抱えて訪問するんだ」

腑《ふ》に落ちない表情をマレンは浮かべる。「それも、五十年以上の歴史の中で、だれかが思いついて実行していそうなアイデアじゃないか。一番面倒な作業を老人たちに押しつけるなんて……善意を利用しているようで、僕は好きになれない」

「おいおい。老人たちにメリットはあるぞ」

「ベルマークの商品じゃないかな。点数を折半で」

「いや。その女子中学生は点数の総取りを前提にしている。もともとゴミ同然だった塩漬け状態のベルマークを次々と引き取って、全部彼女の学校のものにしたらしい」

「え」驚いた。「老人たちのタダ働き？」と顔を顰《しか》めてしまう。

「点数を折半とかいいだすと、あとから取りぶんで必ず揉《も》める。最初から彼女の学校のものとしたほうがいい。その代わり、ベルマークの仕分けの際、付き添いで小学生をつけた。老人たちは大喜びだ」

頭の中で理解が浸透するまで待った。

「話し相手として子供を差し出すってこと？」

「ああ。貴重な話し相手だ。俺にはわかるぜ。子供は老人を子供扱いしないからな。ちょっとややこしいが、とある職員は『はーい、おばあちゃーん、血圧測りましょうねー』って老婆を幼稚園児のように扱って血圧を上げてしまうそうだし、あるヘルパーは『むすんでひらいて』を歌い出す始末でうんざりするみたいだ」

複雑な様相を呈してきた。

「でも、それじゃあ、運んでいく小学生にメリットはない」

「誤解するな。その女子中学生は結構なやり手だぞ。新たな需要と供給を見抜いた」

名越が意味深長なことをいい、その目が光ったように、マレンには見えた。

「……需要と供給？」

「小学生のほうが順番待ちだ。ほとんどの子供が、『はじめて自分の話を最後まで聞いてくれた！』って感動するらしい。実験的にちょっとグレた中学生の女の子も訪問させたら、スッキリした顔で帰ってきたそうだ」

マレンはのけぞり、喉《のど》の奥で呻《うめ》きそうになった。世界共通の子供の悩みが、そんな形で解決するなんて。

「普通なら、お父さんやお母さんが聞き役で頑張るところなのに」

「お父さんやお母さんには余裕がないんだよ」

マレンは詰め寄った。「デジタル化とIT化が進んで、効率化を求めているんじゃなかったの？」

小さく身体を揺すった名越が、「それが不思議なんだ」と顔を接近させてくる。

「どう不思議？」

「世の中が便利になればなるほど、かえって忙しくなるんだぜ？　全国的にベルマーク運動をがむしゃらにやっていた非効率の時代のほうが、気持ちの余裕があったんだぜ？　禅問答かっての。もう、あれだな。ベルマークが五十年以上つづいているのは、見えざる力の現代人に対する警告で、俺たちの将来につながる大事なヒントはそこにある気がしてきた」

顔と顔を突き合わせて話しこむふたりを見つめる無数の視線があった。その気配の主は、更衣室にいる子供たちだった。凝視している彼らの視線には、遠慮なんてものはない。

名越の浮説にあやうく引きこまれそうになったマレンは、いけないいけないと頭をひとふりし、話の道筋を戻すべく声のトーンを落としていった。「さっきの話だけど、いっそのこと、ベルマーク抜きで訪問させたほうが手っ取り早いと思う」

「課外授業やボランティアで行かせると、お互い構えるから、ことごとく失敗するそうだ。別の用事があって、単純作業に没頭しながらのほうが、自然な距離感がつかめていいみたいだぞ」

「……その女子中学生って何者なの？」感心とも感嘆ともつかない声をマレンはもらした。

「やはり、気になるか」

「大いに気になる」

「聞くところによると、兄弟が多い家の末っ子らしい。このアイデアを思いついたってことは、両親や兄たちにまともに相手にしてもらえなかった子供時代を過ごしたんだろうな」と、名越は再びいいかげんな推測を披露した。

「やり手といわなかった？」

「そういう子はな、雑多な部屋の中で押し合い圧《へ》し合い、揉まれて強く、たくましく成長しているんだよ」

どこかで見たことがあるような気がする。個室を与えられない大家族システム。引き籠《こ》もりとは無縁の家庭……

「そういうものかな」

「末っ子だが、どちらかというと日本のアニメ界随一の頭脳派のカツオに近い。彼女はなかなかの切れ者だぞ。市内の塩漬け状態のベルマークに目をつけたばかりか、本人はいっさい労働していない。仕組みをつくっただけだ。あまりに事がうまく運びすぎて、仕分けと集計作業が終わったベルマークがけっこうな点数に達した」

小学生たちが列をつくり、必要とされた老人たちが頑張った結果だろう。「何点くらい？」

「俺がキャッチした確かな情報では、三十万点を越えた」

目を見開く。レート換算して三十万円強だ。「一枚ぶんで？」

「いや。八校ぶんだ。俺が埋蔵金にたとえた意味がわかっただろ。彼女は金脈を掘り当てたことになる」

マレンは瞬《まばた》きをくり返し、ゆっくりと鼻から息を抜いた。「どうするの？　そんなに集めて」

「なんでも彼女は、気が早いが、大学の進学費用の足しにするつもりだったらしい」

顔を若干上に傾けて、すこし考えた。「穂村さんふうにいうと、突っこみどころがふたつあるね」

「ほお。まずひとつは？」

「ベルマークの理念を完全に読み違えている」

「あとひとつは？」

「現金化できない」

「……まったくもってその通りで、早とちりというか、お粗末なところもカツオに似ている。あとから知って呆然《ぼうぜん》としたみたいだ。仕分けと集計作業を終えたベルマークは台紙に貼られるから嵩張《かさば》るんだよ。段ボール箱が五十箱以上、次々と彼女の家に運びこまれて所狭しと置かれている状態だ。受験を控えた高校生の兄がとばっちりを受けて、図書館通いを余儀なくされているそうだぞ」

心から、その兄に同情した。

マレンは生真面目な表情で黙りこむ。

ベルマークの回収というより、小学生の間で流行《はや》った悩み相談室のムーブメントといい替えたほうがいいのかもしれない。悩み相談という表現も大袈裟《おおげさ》だ。悩みなんて、現実的にほとんど解決しないことは子供たちも薄々感じ取っている。言い分を最後まで聞いてくれるだけでいいのだ。

ただ、その言い分を、形にすることは難しい。

まだ話せない、話したことのない、言葉にすることとさえ難しいもの。

言語化できないが故の底知れぬさびしさ、だれともつながっていない断絶の気持ち、なにひとつ分かち合えない孤独感……

それでも聞いてほしい。

聞いてくれる相手がほしい。

マレンは口を開こうとして、顎《あご》をすこし引く。言葉を出そうとする手前で躊躇《ちゅうちょ》したのだった。

名越が首を傾げて、「どうした？」

「昔を思い出した」

「昔？」

「なんでもない」マレンはまぶたを閉じて首を横にふった。わかってもらいにくい話をしかけた自覚はある。だれにも見せず、表面張力のようにギリギリまでたたえている感情はある。自分の中に、まだあの頃の姿の自分がいることに気づいた。（まあ、お楽しみということで。たぶん他では味わえない貴重な体験ができるから）名越がいったことは本当だった。普通に過ごしていたら得られない感情体験ができた。部活で成島と話し合っていると、ときどき自分に対して、ひどくさびしげな表情を浮かべるときがある。無理して明るく振る舞うときもある。その理由がやっとわかった。

彼女には申し訳ないと思う。

いつか、自分自身と折り合いがつけられる日はくるのだろうか。

物思いを親友に破られる前に、仕切り直すように息を落としていった。

「例の女子中学生か」

「……面白い娘《こ》だね」

「ああ。そこまで話が広まっているということは、自ら失敗談を語ったような印象を受けるよ。自分の経験を喋《しゃべ》るひとって、男でも女でも基本的にいいひとが多い。逆に一般論ばかり話すひとはつまらない」

「ふむ。さすが俺のマレンだ。ドジのフレーバーがほのかに漂っているというか、脇の甘さが同級生に愛されているらしい。切れ者なんだけど、自分たちがついていないとダメだって感じで」

「みんなで支えたくなる」

「まあ、そうだよな」

「そんな娘が、うちの吹奏楽部に入ってくれたら」マレンはすこし伸びをして更衣室の天井に顔を向けた。「大事にするのに」

「今年三年生だそうだから、来年は南高に入学するかもしれないぞ」

「じゃあ勧誘は演劇部と競争だね」

と、マレンは微笑み返す。更衣室にいる子供たちの半数ほどはひざを抱え、遊び疲れたようにうとうとしはじめていた。今日の逆上がり教室はもう解散したのだから、いつまでもここに居残るわけにはいかない。ホワイトボードに書かれた文字を消そうとすると、名越は眉《まゆ》を寄せ、なぜか不機嫌にふくれる。

「俺の壮大な計画、もとい、話はまだ終わっていないんだが」

「あ、ごめん」

「逆上がり教室の先生として顔を売って、ここまで情報を集めるのは大変だったんだぞ。協力してくれる生徒にはお好み焼きを奢《おご》ったしな」

「……協力？」

「その女子中学生が築きあげたシステムに乗っからない手はない」

マレンは噴き出しそうになった。女子中学生もおかしいが、目の前の親友はもっとおかしい。名越の一連の行動の謎が解けてしまった。「どさくさに紛れて、アイデアのただ乗りをしているだけじゃないか」

「乗るしかないだろ」

「すこしも壮大な計画じゃない」

「それをいうな。順番待ちの小学生がいる。女子中学生はやる気をなくした。俺としては放っておけない。まあ、強いていえば、勝手に引き継いだ」

「名越らしい」

「俺は女子中学生と同じ轍《てつ》は踏まないぞ。演劇部でほしい機材は、『お買いものガイド』の中にちゃんとある」そういって彼は、見えないそろばんを弾くように指先を宙で動かした。「まずは現物支給されたベルマークの仕分けと集計作業だ。しめて一万四千点。早い者勝ちだぞ。なんていったって俺には逆上がり教室で培ったネットワークがある。生徒や親を通じて、学校のPTAで扱いに困っているベルマークを大々的に引き取ることにした」

　安いバイト料には目もくれず、市内にまだ眠っている塩漬け状態のベルマークの発掘にがっちり食いこむ方向を選んだのか。そっちに頭を使うより、勉強すればいいのに、というのは口にしなかった。今日でバイトは終了するのだから、おそらく目標達成の見込みはだいたいついたのだろう。

「そういえば、名越の目標は十万点だったよね」

「女子中学生が手をつけたのは八校ぶんだ。市内に小学校、中学校、高校は何校あると思っている」

なにかが引っかかった。単純で、重大ななにかだ。

親友をとめたい。

確固たる根拠はないが、直感的にそう思った。

やっぱりそのやり方でベルマークを集めてはいけない、と。

しかし理由がうまくいえなかった。

更衣室にいる子供たちの中で、さんざん眠たそうだった後藤の目がぱっちりと開き、直視していることに気づいた。どこまで自分たちの話を聞き、理解できたのだろう。

首を一生懸命伸ばす後藤は、なにかいいたそうだった。

「……べ、ベルマークって、だれのもの？」

素朴な疑問に、マレンと名越は顔を見合わせる。

先に言葉を発したのは名越だった。「市内の学校から引き取ったものは、俺のものだぞ。いや俺の学校、じゃなくてＰＴＡの所有物で――」と自分でいいながら、どこか自分でも鵜呑《うの》みにできない表情を浮かべている。

マレンも一緒に考えた。

「南高のぶんは、日野原元会長がくれたものだから問題ないと思うけど、他校はどうだろう。最初はゴミ同然だったから手放したかもしれない。だけど仕分けと集計作業が終われば話は別だ。『返してほしい』とか、『分けてほしい』っていわれたらどうするつもり？」

「それは……」

「面倒な作業を自分たちでやるから意味があるんだよ。その過程を飛ばしたら、やっぱり取りぶんで揉《も》めると思う。だって名越は苦労していないから」

名越はぽかんと開けた口を慌てて閉じる。

「いや、いや。例の女子中学生は、揉めたなんて話は聞いていないぞ」

「だとしたら不思議だ」

「一筆書かせたか、証文かなにかか？」

「だれに対して？」

「そりゃあ、PTAの代表か、ベルマーク委員のだれかで」

大人相手に中学生がそこまでするだろうか。マレンは注意深くホワイトボードに書かれた文字を見つめる。ゆっくりと、理解が兆し、ようやく見るべきものが見えた。

「彼女のほうが一枚も二枚も上手かもしれない」

「なに？」

「ベルマーク落ちこぼれ校の南高は、十年近く貯めて一万四千点だよね」

「ああ……」

マレンは腕を伸ばして、ホワイトボードに名越が書き足したA校からD校までの数字を指さす。

A校は一万三千点、B校は一万五千点、C校は一万点、D校は一万二千点——

「これ、意外とリアルな数字なんだね。名越が話してくれた通り、確かに落ちこぼれ校はせいぜい一万点強だ」

「そ、そうだが」

「仮に八校ぶんだとすると、十万点弱だ。ところが女子中学生のもとには、三十万点以上集まった。差し引き二十万点ぶんはどこから湧いたんだろう？」

「だ、だから、それを金脈にたとえたわけで……」

「金脈なんて不確かなものはないよ」マレンはいった。「名越はいったじゃないか。全国集計ランキング上位に入るような学校は二十万点近く集めるって。八校のうち一校が強豪校だったとすれば計算の辻褄《つじつま》が合う」

「強豪校が？」名越の目に疑問符が渦を巻く。「強豪校がベルマークを手放すはずがないぞ。しかも彼女が回収したのは塩漬け状態のものなんだ」

「強豪校は、そうせざるを得ない事情があったんだよ」

今回のすべての事情は、ハンドベルの悩みに通じている気がした。

人手が足りない。

ひとが足りない
名越はなにかを考えるふうに髪をかきむしり、やがて手をとめた。

「廃校か」

「たぶん、そうだよ」

「最近増えているな」

「調べればわかるけど、その八校は廃校の憂き目にあった学校だと思うよ。もう存在しない」

完全に出し抜かれた形の名越は、下を向いて笑いを堪える表情をする。とうとう、我慢できないように笑い声を上げた。

「なんてやつだ」

「それでも彼女は失敗した。名越。努力しないで、欲しいものが手に入ることなんてないんだよ」

結局、彼に対して模範的な結論を出さざるを得なかった。

以上が埋蔵金――市内に大量に眠っていたベルマークをめぐる話の一切だった。

ひとり吹奏楽部

――成島美代子×?・?・?――

私たちは悲しいから泣くのではなく、泣くから悲しいのだ。

だれでも、学校の音楽室にずらりと貼られた大作曲家たちの肖像画の左端、つまり最初に位置し、峻厳《しゅんげん》さ、高潔さ、偉大さを誇示するバッハの顔を覚えているだろう。真新しい制服に身を包んで、かしこまって立つわたしは、居心地の悪さを感じながら、あだやおろそかに語ったり聞いたりしてはならぬ「音楽の父」の顔を見つめていた。他にすることがなかったのだ。

中学校の入学式から三日が過ぎた放課後、昇降口でのろのろと靴に履き替えていたわたしに、「あなた、入る部活は決めた？」とふたり組の上級生が声をかけてきた。新入生説明会では、部活は全員加入といわれている。上履きを持ったまま「ま、まだです」とおっかなびっくりこたえると、「吹奏楽部に入らない？」と無理やり音楽室に連れて行かれて、「いま、先生呼んでくるから」と彼女たちは引き戸の鍵《かぎ》をかけて出ていった。そのときわたしが抱いた不安と恐怖を想像してほしい。

それまで楽器といえば、リコーダーやハーモニカ程度の経験しかなかった。楽譜なんてもちろん読めない。ただ、中学校に入学して吹奏楽部の存在は知っていた。登校すると、朝練をしている部員たちの管楽器の音——いまならわかる——風の楽器の音が校舎の上のほうから聞こえてくるのだ。

十五分くらい待たされて、音楽室の引き戸がガチャガチャと揺れた。「おまえら、閉じこめてどうするんだよっ」と動物が吠《ほ》えたような先生の声が響き、「すみません。逃げられると思って」とさっきの上級生の声が加わる。わたしはというと、床に落ちていた吹奏楽部の活動日誌を拾い上げ、書かれた内容に目を見張っていた。練習メニューは朝の六時半から朝練、夕方の十六時から二十時まで練習。休日は朝九時から夕方十八時まで練習。見てはいけないものを見たかのように目をぎょろりとさせた。大所帯じゃなさそうなのに、猛練習に明け暮れて……こんなのってある？

鍵が開き、叩《たた》きつける勢いで引き戸が開く。

てっきり助けにきてくれたと思った先生の開口一番が、

「入部希望者だって？」

で、わたしを面食らわせた。小太りで丸顔、垂れ目で団子鼻、口角が上向きという、たぬき顔の集合体といっていい面立ちの先生が、数十年来の旧友と再会したかのような喜びの声を上げた。年齢を推測する。四十は過ぎているだろう。アディダスのトレーナーに、下はジャージを穿《は》いている。彼が吹奏楽部の顧問で、二年後にわたしを全国大会のステージに立たせてくれた先生だった。

その後はどうなったか？　吹奏楽未経験者のわたしを囲み、入部を迫り、頑固に拒否しようものなら、ほとんど罵倒《ばとう》せんばかりの言葉を投げつけるような事態には……ならなかった。この音楽室軟禁事件以降、吹奏楽部の部員の間で自粛されたようで、しつこい勧誘を受けることはなくなった。

先生が厳しく叱りつけたのだという。

そんな先生と、入部届の提出期限日までに何度か話をする機会があった。

冒頭の言葉は、十九世紀後半に活躍した心理学者のものだ。先生が本を開きながら教えてくれた。

「悲しくて、泣くんじゃないんですか？」

「泣くから、悲しいんだよ」

「……逆……じゃなくて？」

「成島《なるしま》さんは、心が先で、身体が後だと思っている？」

先生はときどき乱暴な物言いをするけど、基本的にフェアなひとだった。生徒を子供扱いしない。呼び捨てにしないで、苗字に「さん」付けで呼んでくれる。わたしは頬を赤らめた。

「……はい」

「たとえば呼吸だ。緊張したとき、呼吸をゆっくりしていくと、心は落ち着いてくる。身体の変化が最初にあって、心はその結果として生まれるだろう？」

「……」

「呼吸以外も、表情や、発声や、姿勢や、歩き方といった日常の行動が先で、心というものは後からついてくる」

「……」

「心が先だと、人間は困ってしまうんだ」

「……どうして……ですか？」

「概念的すぎて、あるかどうかわからない。ゼロが先で、そこからなにかが生まれることはないから」

「……」

「だから身体の変化が先のほうが腑《ふ》に落ちる。そう思わないか？　吹奏楽はね、呼吸で心を生み出すんだ。管楽器を吹いているうちに、ニコニコ笑う部員がいるし、泣いてしまう部員がいる」

「……楽器を吹いて……笑えるんですか？」

「ああ。形のない心は聴衆に届けることはできないけど、呼吸でつくった心なら届けることができる」

吹奏楽の醍醐味《だいごみ》を、先生が要約してくれたのだった。

わたしは昔からおとなしく、表情も豊かでなかったから、相手に勘違いされることが多かった。楽しいときに笑顔を見せられないし、感謝の気持ちをあらわすのも苦手だ。理解者が近くにいてくれたら人間関係は上手《うま》くいくのだろうけど、わたしの場合、家で待つ弟の聡《さとし》しかいない。

自分には心がない。

密かにそう落ちこむときがあった。

違った。

心が先じゃなかった。

行動が先だ。

行動が心をつくる。

呼吸が感情を生み出す——

おそらく一生忘れられない言葉になるだろう。これから先、その言葉を励みにして生きていける。わたしは吹奏楽部に入部届を出した。それを知ったクラスメイトは、よく入ったね、と呆《あき》れていた。クラシックって退屈じゃない？　いいなって思うときはあるよ？　でも古い絵画を見る感じに似てない？　ぼんやりしてるっていうか、想像力をガガーッってかき立てるノリがないじゃん。ロックやポップスのほうが、メリハリがあって好きだなあ。あ、ごめん、馬鹿にしてるわけじゃないの。でもねえ……。クラスメイトの意見にわたしは気を悪くしなかった。むしろ素直に聞けた。音楽室に軟禁されたときのことが脳裏に鮮明によみがえる。バッハの肖像画を見て、わたしなりの発見があったのだ。あの表情。自作が後世に残ることなど、思いもしなかったに違いない。神格化されるのを、だれよりも迷惑がっているに違いない。ジャズはおろか、ラップミュージックの素材にもなっているクラシックは、わたしたちの生活に根づき、どんなに改変されても光を失っていない。クラスメイトのいう通り、モヤモヤすっきりしないところはあるけど、静かに感動の漣《さざなみ》を伝えるものがあり、もう飽きたとか、しつこいという感じを抱かせないのは不思議だ。何回も何回も、美人が横顔をのぞかせるような美しく切ない気分を横溢《おういつ》させる。

わたしの担当楽器はオーボエに決まった。

ギネスブックで世界一難しいと認定される木管楽器。

なぜわたしに？　という素朴な問いに、先生は、

「ギネスブックなんて、たかだかビール会社が出している冊子じゃないか。しかも認定料を取る。そんなしゃらくさい世界一に成島さんが翻弄《ほんろう》されちゃ駄目だ」

と一蹴《いっしゅう》した。

本当のところは、中学や高校の吹奏楽部で、初心者にオーボエの教え方で困ってい

る顧問は多く、逆に力のある顧問は自分の学校でオーボエ奏者を一から育てたいとウズウズしている。

先生は後者だった。学校の予算で教材が次々と買い与えられて、練習漬けの日々がはじまった。

1

最近、どうかしている。

中学時代のことをやたらと思い出してしまう。

土曜日の練習が終わり、部員を全員帰したあと、部室にひとり残った成島美代子はパイプ椅子に腰かけて眼鏡を外した。つるをたたんで逆さにして置き、両手を伸ばした姿勢でベタッと長机に突っ伏す。男子部員には見られたくない恰好《かっこう》で、その身体は重い倦怠《けんたい》感に侵されていた。

顧問の草壁先生は出張で不在だった。本来なら監督者がいない場合、部活動は休みでないといけない。幸いにも副顧問の教頭先生が校内にいたので、自主練という形が取れた。とはいえ、教頭先生がいなかったとしても、代理という形で他の先生を探すのだが。

成島は、三年生が引退した新体制の中で、副部長というポジションにいた。他に相応《ふさわ》しいひとがいるんじゃないの？　たとえば穂村さんや、穂村さんや、穂村さん、と戸惑ったが、投票で決まったのだから文句はいえない。それが自分に与えられた役割なのだと諦観《ていかん》して受けとめた。もちろん不安はある。支えがあるとしたら、気心の知れたマレンが部長に選ばれたことだ。彼とふたりならうまくやっていける。

成島の主な仕事は、部長のマレンのサポートはもちろんのこと、予定表のプリント作成など事務的な雑用になる。自分で仕事を見つけ、やるべきことを黙々とやり通す真面目さが彼女にあった。そして彼女は無理をしない。屋根の雨漏りを見つけても、屋根を全部直すことはせず、とりあえずブルーシートを被《かぶ》せて応急処置するような抜け目なさを持ち合わせていた。彼女にとって重要なのは、屋根を直すことではなく、どの部分から雨が漏ったのかを知ることだった。

新体制になってから、ハーモニーとユニゾンとで倍音を感じ取る練習に力を入れている。アメ民の部員をのぞけば、現在は二十二人で、このバンド構成でサウンドを熟成していかなければならない。練習のある日は、うねりなく倍音が聞こえるようになるまで、徹底的にやっていた。数ヵ月後には、別次元のような安定した音にしたい。

今日の練習は、部長のマレンが途中で抜けたことで、想像以上に体力を消耗した。まとまりが悪くなったのだ。雨漏りといえる原因はいくつか思い浮かぶ。が、やはりマレンの存在の大きさを痛感する。こんなことをいったら笑われるかもしれないが、彼は背中がいい。背中ほど無防備かつ、雄弁な身体器官は他にない。吹奏楽をつづけていると、それがよくわかる。メンバーの中心に彼がいるだけで違う。

成島はうつ伏せ状態のまま、ため息をついた。長机の隅には、お供え物のように、じゃがりこが置かれている。「今日はごめんね」と穂村が申し訳なさそうに置いて帰ったものだ。この先、あと何個必要になるのか。

窓から射す陽がなにかに反射して、彼女の目の端を刺激する。顔を横に向けると、リードケースの留め具に西陽が強く当たっていた。すこし身体を起こして、オーボエケースにも目を留めた。中学時代から愛用しているもので細かな傷が目立つ。その傷が愛おしい。

彼女はオーボエが好きだった。オーボエといわれてピンとこないクラスメイトには、断腸の思いで、屋台のラーメン屋さんのチャルメラで説明していた。オーボエとチャルメラは同じ血をひくダブルリード楽器だ。

繊細な音色を持ち、情感たっぷりのヴィブラートをかけても違和感を覚えさせないこの楽器は、合奏でここぞというときに音が聞こえてくるソリスト的な要素を持つ。歌声という表現がまさにぴったりで、楽団の中にアルト歌手がこっそり交ざっているような錯覚に陥る。

いいことばかりじゃない。オーボエはオーケストラ寄りの楽器なので、良くも悪くもスタンドプレイによって吹奏楽の色彩を変えてしまう力を持つ。それゆえに他のパートのようなごまかしは利かず、技術が低かったり、人数合わせの奏者を入れるくらいなら、最初から不要だという極論さえある。高額で常にリード代がかかるし、トランペットやクラリネットみたいに大勢でワイワイできる楽器じゃないから、孤独を強いられることが多く、奏者がひとりという学校もめずらしくない。加えて音程が不安定なこの楽器を吹きこなすには、かなりの忍耐力を要する。

音楽の苛烈《かれつ》な英才教育を受けた芹澤にいわせると、「オーボエってオーケストラでは女王の存在なのに、吹奏楽の中ではほんっと報われないよね。ちょっとのソロのためだけに引っ張り出されるようなものだから」だそうだ。正直な彼女らしい。その通りかもしれない。中学や高校の吹奏楽の世界においては、息が余るオーボエを生かすも殺すも顧問の方針次第だ。

その点、成島はほっとしていた。

草壁先生率いる南高吹奏楽部は、彼女の歌声を必要としてくれている。

ソロの出番を待つ間、陰に隠れた存在として、まわりの音に裏旋律で溶けこむのは得意だ。みんなの華やかな合奏の合間に、ひと味もふた味も彩りを添えようと練習に身が入った。今年の夏休みは連日部活で、お盆がなかったことも、まったく苦にならなかった。

そもそも猛練習は中学生の頃に経験している。

去年の十二月、まだまだ怖いもの知らずだった穂村が瞳《ひとみ》を輝かせて、「全国大会のステージに立つために、どのくらい練習してきたの？」と普門館出場経験者の彼女にたずねてきたことがあった。そのときは曖昧《あいまい》に、濁してこたえた。彼女はいえなかった。全国大会に出場するためには、吹奏楽以外のことはあきらめなければならない、と。穂村にはいろいろな可能性をあきらめてもらいたくなかった。

あきらめ……

弟の聡のことを思い出し、目尻《めじり》に涙が滲《にじ》む。

折り曲げた人差し指で拭《ぬぐ》った。

悲しいから、泣くのではない。

泣くから、悲しい。

もう泣くまいと、前に進もうと、決心したのに。

最近、本当に、どうしたんだろう。感傷的になっていた。小さなことにも涙腺《るいせん》がゆるんでしまう。

かつての吹奏楽部の友人から、電話があったのがいけなかったのか――

一週間ほど前だ。携帯電話に突然かかってきた。成島は父親の仕事の都合で引っ越しをしたので、再び接点ができたのは中学の卒業式以来になる。友人は、(美代子、元気?)と探りを入れるように聞いてきた。友人なりに自分のことを気にかけているのだとわかった。約一年半という期間を置いて。時間が解決するのを待って。

その気持ちが成島にはうれしかった。間違いなく、一緒に時をともにした仲間だった。心が揺さぶられるような感情がよみがえり、(うん、元気)と返した。

友人と近況を語り合った。アイドル好きの友人はケラケラとよく笑った。吹奏楽はもうやっていないのだという。コンサートのチケットを買うために、学校に内緒でバイトに励む日々を送っている。だから成島がブランクを経て復帰したと知るや、(うへえっ)と大袈裟《おおげさ》な反応をした。廃部寸前の吹奏楽部を立て直し、B部門の支部大会に出場できたことを伝えると、(なにそれ、なにそれ、すごい、すごい!)とはしゃぎ、一年半の空白を埋める言葉として、(美代子、よかったね。もうだいじょうぶなんだよね。そう思っていいんだよね。本当に、本当に、よかった……)と電話の向こうで涙ぐむ声を出した。

長い時間、ふたりは話しこんだ。かつての仲間たちが現在なにをしているのかを克明に知ることができた。話し方のうまい友人だった。その場に居合わせているような感覚に陥ってしまう。

当然、先生の話にもなった。先生については、成島もある程度は把握していた。彼女たちの卒業とともに、他校に異動したのだ。その後の活躍は新聞で知ることになる。ほぼ無名だった転勤先の中学校の吹奏楽部を、たった四カ月間で支部大会金賞に導いたと取り上げられていたのだった。中学や高校の吹奏楽の世界では、こういうことが起こり得る。今年も同大会で金賞を受賞し、四十名だった部員は、いまや六十名を越える勢いだと記事にあった。

成島の母校の吹奏楽部はどうなったか。先生の異動後の年度は、県大会の銀賞で終わっている。次の年は地方大会の銅賞。成島が知る後輩たちの技量は決して劣っているわけではない。なのにその結果だ。ＯＧとして落胆は大きかった。

（しょうがないよね）

と友人はこぼした。それから、

（廃部になったんだって）

と、合同練習をしたことのある中学校の名をあげた。まさかと思った。成島たちと同じ中編成のバンドで、地区大会の金賞常連校だった。顧問の先生が異動し、後任が決まらないため廃部が決まったのだという。

少子化による学校の小規模化、教師の高齢化による顧問不足など、部活動の維持をめぐるトラブルは増えている。副部長の仕事で職員室を往復していれば、噂の範囲も含めて耳に入る。長時間拘束される部活動の顧問を敬遠する先生が増えたことも。

友人の声の中に、どこか恨めしげな響きが込められるようになった。なにかを悟ってしまった、そんな心情も。

成島も友人も、自ら望んで、土、日曜日がほとんどない生活を中学時代に送った。それだけ彼女たちを夢中にさせるものが吹奏楽にあった。その結果、あきらめることがあっても、代えがたいなにかを得られると。

彼女たちはやり切った。決して後悔はしていない。が……

(美代子。うまくいえないけど)

(先生の存在って、大きかったんだね)

(びっくりするくらいガラッて変わっちゃうんだね)

(なんか、悔しいよ)

(私たちの力はなんだったんだろうって)

(おかしいのかな、私)

ぶつ切りのように聞こえる友人の吐露は、成島の心に影を落とした。

2

成島が部室に残ったのには理由がある。ひとりで落ち着いて、部活の活動日誌を読み返したかった。必要であれば家に持ち帰るつもりでいた。

地区大会にさえ部員不足で出場できなかった南高吹奏楽部は、たった十六ヵ月で、B部門の東海大会初出場までのぼりつめた。会場で一部のひとから、草壁信二郎の才能と運で勝ち上がってきた高校といわれたことは知っている。そういわれても仕方がないほど、アマチュア吹奏楽の世界は指導者による浮沈が大きい。

（ごめんごめん。贅沢《ぜいたく》な悩みだったね）

あれから友人は慌てて謝った。

贅沢な悩みなんかじゃない。指導者の力量以外で明確なこたえがあるのなら知りたかった。優秀な指導者がいなくなったら一気に駄目になるって、あんまりじゃないか。残された部員の努力が足りなかったからなんて口が裂けてもいえない。

活動日誌の中にヒントがあればと思った。南高吹奏楽部で使用しているものはA4サイズのノートで、一冊書ききったら次の一冊になる。フォーマットは厳密に指定していないが、日付、練習の開始と終了時間、練習内容、注意したこと、今後の課題、得た教訓などを書くようにしている。その日の天気や、どの教室にどこのパートを割りふったのかをきちんと記録する後藤のようなマメな部員もいれば、精根尽き果てた感が筆致からじわじわ伝わる穂村のような部員もいる。シャーペンを使わない上条も性格が出ていた。彼は芯《しん》をカチカチ出す時間がもったいなくて鉛筆を使うのだ。ここぞというときの彼の集中力は見習うべきものがある。

日付を遡《さかのぼ》って読み耽《ふけ》った。わかっていたことだが、どのページも草壁先生の手でコメントが書きこまれている。これは日誌じゃない。部員と先生との間の手紙だ。

今年の六月、草壁先生は過労で倒れた。どこの学校も若い教師が学校行事にかかわるさまざまな雑用をまわされて、仕事の負荷が多い。それなのに休みの日でも、部員が望めば指導してくれる。彼女たちだけ校舎に残して帰った日は一日もなかった。国際的な指揮者として将来を嘱望されていたひとが、実績のない県立高校に教師として赴任しただけでも奇跡なのだ。こんな顧問、おそらく二度とあらわれない。

成島はページをめくっていった。ひとりでいると不安が溢《あふ》れ出し、肩がぶるりと震える。かつて心を閉ざしていた自分のように、草壁先生を必要とする後輩はあらわれるだろう。ずっとこの学校にいてほしい。しかし私立の藤《ふじ》が咲《さき》高と違って、県立学校の教師は、いつどこへ転勤してしまうのかわからない。

本来なら、こんな地方の学校にいてはいけない才能の持ち主なのだ。

彼女はひざの上で活動日誌を閉じ、大きく息を吐いた。視線が部室の隅のほうへと動く。ステンレスラックの最上段にある段ボール箱に気づき、あ……と思い出した。

彼女は脚立を持って、その真下に向かう。脚立の上に立ち、両手をいっぱいに伸ばして、けっこう重い段ボール箱をなんとか床に下ろした。案の定、楽譜の他に、古ぼけた表紙のノートが保管されている。

歴代の先輩たちが残した活動日誌だった。

表紙には油性マジックで年度が書かれている。

最盛期には七十名を越えた代があったという。百名以上を常に抱える強豪校には敵《かな》わないが、団体のA部門で勝負できたのだろう。過去の最高実績は、いまから十六年前のA部門支部大会の銀賞のはずだ。そのときの賞状が部室の壁に飾ってあり、練習前にたまに見上げる。

成島は眉《まゆ》を顰《ひそ》めた。ノートの冊数がすくない。全部取り出して表紙を順に眺める。一番古い年度の表紙に焼け焦げた痕《あと》があった。誤って焼却炉の中に入れてしまったのだろうか……

彼女は落胆した。一番輝かしかった十六年前の活動日誌がない。

その代わり、段ボール箱に保管されているのは、二〇〇一年度からの十年分だった。先代の片桐部長は、苦難と衰退の十年だと語っていた。部員が加速度的に減っていき、二〇〇六年度には、とうとうひとりになって音楽室を使えなくなり、事実上の活動休止状態に追いこまれたという。

年度順にノートを取り上げ、親指の腹を使ってめくっていく。士気の低下なのか、数ページしか使われていないものがあり、胸の奥が苦しくなった。

もしこの時期に草壁先生がいたら……。そう考えかけ、首を横にふった。それは思い上がりだ。

問題の二〇〇六年度の活動日誌を手に取る。

ひとりぼっちになり、音楽室から出て行くことになった部員……

いったいどんな気持ちだったのだろう。

二〇〇六年度の活動日誌は、最初から空白がつづいた。空白、空白、空白と、延々とつづく白の世界に痛みを覚えた。ああ、と呻《うめ》きそうになったとき、成島の目がはっと見開いた。慌ててページを戻る。突然、思いの丈が爆発したかのように、びっしりと書きこまれている箇所があったのだ。

人間をタイプ分けするのは簡単なことじゃない――

そんな一文からはじまっていた。

達筆だった。ボールペンで書き綴《つづ》っているのに、難しい漢字の間違いや、訂正のあとがいっさいない。

手記に向き合った。

人間をタイプ分けするのは簡単なことじゃない。なにしろ世界には六十六億人近い人間がいて、ひとりひとりみんな違っているのだから。それでもあえて、困難や逆境を乗り越えられるひとのタイプを考えてみた。ずっと考えた。やっと、こたえが出た。ひとりではだめだ。この五人のタイプがそろわないと、意味がない。この五人がそろえば、優秀な指導者が去っても、部員が減っても、なんとか持ちこたえることができる。

いまから記す。

〈ファイター〉＝闘うひと
〈シンカー〉＝考えるひと
〈ビリーバー〉＝信じるひと
〈コネクター〉＝つなぐひと
〈リアリスト〉＝現実的なひと

こんなタイプ分けに意味はないとか、馬鹿らしいと感じるひとはいるかもしれない。でも、そんなことはないのだ。人間って、意外に単純な一面を持つと思う。私は嫌というほど見てきた。困難に直面して、極限になればなるほど、本質というものは表面に引きずり出されるのだから。

これはいったい……

〈ファイター〉や〈シンカー〉という奇妙な名称、引きこまれる文章に、成島は姿勢を正して見入った。私という一人称で、性別を判断しにくい。一読して硬質な文体に驚いた。

〈ファイター〉

闘うひと。たとえ打ち倒されても、また立ち上がる。不撓不屈《ふとうふくつ》で、精神的な苦痛にも耐える。他のひとたちがあきらめてしまうようなときでも、決して抵抗をやめず、最後の最後まで闘いつづける。欠点は、うっかりミスが多く、いざというとき暴走する。

〈シンカー〉

考えるひと。頭脳を使って障害を乗り越え、智慧《ちえ》、創意、工夫の組み合わせによって問題を解決していく。厳しい時期でも、あらゆる角度から見つめ、新しいアイデアを生み出し、予想外の解決法を見つけ出す。一部のひとたちが、困難や逆境に対して、腕力にものをいわせようとする一方で、このひとは知性に頼る。欠点は、頭がいいぶん、将来を見通してしまい、すぐ見切りをつけてしまう。

〈ビリーバー〉

信じるひと。苦しいときは神頼み。しかしそれは大事なこと。試練の最中でも、見えない神の存在を信じ、持ちこたえられる。その楽観主義が周囲に希望をもたらす。最悪の時期にもユーモアを見つけ、逆境にあってもみんなを笑わせることができる。欠点は、楽しいことが大好きすぎて、快楽主義者的な一面を持つ。

〈コネクター〉

つなぐひと。他のひとたちとの関係や絆《きずな》を力にし、困難や逆境を乗り越えていく。面倒見のいい仕切り屋で、物事のバランスを取るのがうまい。親友や大切なひとのためならどんなことにも耐えられるし、なんでもやってのける。欠点は、絆に裏切られたときのダメージが深い。

〈リアリスト〉

現実的なひと。すべてが必ず計画通りにいかないことを知っている。コントロールできることもあれば、できないこともあるとわかっている。まわりがパニックに陥ったときも、冷静に落ち着いていられる。なにもせずに最悪の状況が過ぎるのを待つことを本能的に知っている。どの時点で行動に移るべきかもわかっている。欠点は、頑固者であり、孤独に強いように見えるが、実はさびしがり屋。

成島は食い入るように読んだ。

二〇〇六年度の活動日誌が持つ非日常な世界に沈潜する。書かれている一文字一文字が心の中で波紋を広げていく。

何度も読み直し、深々と息を吸い、紙面から顔を離した。東海大会まで勝ち上がったときの主要メンバーを思い浮かべる。

不思議と納得できるものがあった。

南高吹奏楽部の〈ファイター〉のことを考える。なんにでも首を突っこんで、助けを求めているひとがいれば後先考えずに手を差し伸《の》べる。仲間や応援してくれるひとを次々とつくってしまう。そんな彼女は、自身が〈シンカー〉に支えられていることを知らない。

〈ビリーバー〉は、いまではすっかりムードメーカーになりつつあった。周囲から浮いた感じ。苦しいときは神頼み。楽観主義。笑える。確かにそうだ。最近、彼の呑気《のんき》なひと言で救われることが多い。

〈コネクター〉は一癖も二癖もあるみんなをつないでいる。確かに、彼でなければできない仕事だ。そして欠点の部分。絆に裏切られたときのダメージが深い――。彼が決して表に出そうとしない弱さ。その通りかもしれない。どんなことがあってもわたしは裏切らないよ、傍にいるよ、と伝えたかった。

活動日誌の最後は、次のように締めくくられていた。そこだけ文字が滲《にじ》んでいる。


私は仲間に恵まれなかった。

いつかこの五人が南高吹奏楽部に集い、みんなを牽引《けんいん》してほしい。

残りのメンバーは、五人の背中をしっかりと見ているはずだ。

五人のあとを継ぐ者は必ずあらわれるだろう。

by Mochizuki

末尾にあるローマ字を長い間見つめた。

モチヅキ……？　事実上の活動休止状態というどん底の中、未来の代に希望を託し、このノートを残した人物。

感動がまだ身体の奥底を震わせている。成島の迷いを払拭《ふっしょく》してくれた。そういえば中学時代もこんな五人がそろっていた。一年半ぶりの電話で絆をつないでくれた友人は〈コネクター〉だ。

(私たちの力はなんだったんだろうって)

友人は落ちこむことなどなかった。

こんな形で道標《みちしるべ》を示してくれたモチヅキは何者なのか？　南高吹奏楽部のＯＢかＯＧ。成島は活動日誌を胸に抱きしめて顔を上げる。調べてみよう。もし会えるのなら話を聞いてみたい。強くそう思った。

3

月曜日を迎えた。技量の劣る後輩の中には、始業前や昼休みを、長調、短調の全調スケールの練習にあてている生徒がいる。ゆっくりと単調な練習のくり返しだが、それで集中力と持続力を養う。

成島の個人練習とパート練習は、フルートなどの同じセクションと一緒にすることもあるが、基本的にひとりだ。後輩の指導も行う。この日の昼休みも、空き教室でトランペットを吹く女子部員の傍につき、駄目、駄目、駄目、と静かに駄目出ししていた。担当楽器が違っても、教えられることはある。彼女は音を修正する悪い癖があった。とくにトランペットは出した瞬間の音で決まる。出だし――アインザッツに対して、これでもかというくらいしつこく指摘した。彼女は下を向く癖もあり、「これ見ながらやって」と、成島は黒板に線を引いた。やみくもに焦る気持ちに観察という方向性を与えて落ち着かせた。

あまりべったり張りつくのもよくないので、頃合いをはかって彼女のもとから離れた。全調スケールの練習は自分自身との戦いでもあるのだ。廊下に出る前に時計を確認すると、昼休みが終わるまで十五分くらいある。階段の踊り場を挟んで資料室があった。成島はスタスタと歩いていって引き戸の前に立つ。鍵《かぎ》が開いていた。中に入って引き戸を閉める。絶えずどこかから話し声が聞こえてくる昼休みの空気が遮断された。だれもいない。壁面を埋め尽くす書架を順に眺めた。ちょっとした本屋並みの分量がある。各年度の卒業アルバムの他に、郷土史関係の文献や、卒業生が寄贈した稀覯本《きこうぼん》がたくさんあった。収まりきらない本は、隅に積んだ段ボールの中にしまっているようだった。

書架と書架の薄暗い間を歩く。本の日焼けを防ぐために遮光カーテンを使っているが、一部の窓を見て、その徹底ぶりがわかった。板を打ちつけている。隠れ場所としてちょうどいい。カップルが逢《あ》い引きの場所としても使っていそうだ。

二〇〇六年度の卒業アルバムはすぐ見つけることができた。書架から取り出して、カバーを外して開く。

吹奏楽部の写真を探した。モチヅキの顔と本名を知りたかった。部室に保管されている過去の連絡網にはなかったのだ。

部活紹介のページをめくっていく。どこを探しても吹奏楽部が載っていない。部員がひとりで、事実上の活動休止状態になったせいだろうか……

吐息を深くついたときだった。

おや？　成島は目を細めた。筆圧が薄くて最初は気づかなかったが、だれかがシャーペンで、合唱部の部員集合写真の枠外に「＋吹奏楽部」と小さな文字を書き加えている。

グランドピアノの前で撮った写真だった。指で数えた。男子が七名で女子が三十一名。この中にいる……？　それぞれの顔を覚えて、クラスの集合写真のほうに記載された名前と照らし合わせれば、判別できそうな気がした。いや、拙速だった。去年引っ越してきたばかりの新参者の彼女は、この地域にはモチヅキ姓が多いことに気づく。手にした卒業アルバムを持ち帰りたかったが、我慢した。資料室にあるものなので貸し出し禁止の可能性が高い。管理責任者がいるはずだから、職員室に行った際に確認しよう。ある程度アタリをつけたあとで、二〇〇六年度に在籍していた先生に聞いてみるつもりでいた。勤続年数が長そうな教頭先生なら、なにか知っているのかもしれない。

資料室の引き戸が突然ガラッと開き、成島は「ひゃっ」と声をあげそうになった。

慌ただしい足音を立てて男女が入ってくる。書架のわずかな隙間を通して、女子生徒が男子生徒の腕を強引に引っ張っている姿が見えた。

成島はとっさにしゃがみ込んで身を潜める。おでこにじわっと汗が出た。

「先輩……」

下級生の女子が、上級生の男子に迫っている様子だ。そんな潤いのある声が届く。完全に退出するタイミングを失った成島はオロオロし、気が動転した。

「ちょっと待って。後藤さん、落ち着いて」

「マレン先輩。私、だれにもいいませんから」

看過できない事態が発生した。成島は書架にへばりついて耳を澄ます。

マレンの声は当惑しきっていた。

「だれにもいわないって……」

「先輩が土曜日にバイトしたこと」

「あれなら隠しているわけじゃないんだよ。草壁先生には全部報告している」

「ちびっ子の逆上がり教室なんですよね！　素敵です！」

「あ、ああ……」

成島はぶすっと頬を膨らませた。自分はまだ聞いていない。

「私の弟はどうでしたか？」

「後藤さんの弟？　素直で、男らしい子だったよ。そういえばあの子、逆上がりができないまま終わったんだ。最後まで頑張ったんだけどね。力になれなくてごめん」

「いいんです。日曜日に特訓して、できるようになりましたから」

「それはよかった」

「フォローは姉の仕事なので」

「頼もしいね」

「それで、その、マレン先輩にお礼をいいたくて……」

「そういうことだったんだ。お礼をいうのは僕のほうだよ。いろいろ勉強をさせてもらったから」

「実は……」

「え」

「家で弟は先輩のことを、お兄ちゃんって呼んでいるんです」

「え、え？」

「もう、ナイスアシストって感じで。いやあ、できた弟なんですよ」

次第に成島は苛々《いらいら》しはじめる。後輩の後藤にではなく、マレンに対してだ。だれにでもやさしく、分け隔てないところは彼の長所で、それはわかるんだけれども、博愛が度を過ぎるといつか痛い目に遭うのではないか？

天井のスピーカーから昼休みの終了を告げる予鈴が鳴った。

「授業がはじまるね」

「あ。本当だ」

マレンが先に出ていき、あとにつづいた後藤は資料室の鍵をかけて軽やかな足取りで廊下を去っていった。うそ？　閉じこめられた成島は、引き戸をガチャガチャと動かし、ドンドンと叩《たた》いた。

4

大変な目に遭った。

あれから体育教師に発見され、資料室から救出された成島は、十五分後れで授業に参加し、高校生活二度目の生き恥（一度目は『退出ゲーム』の即興劇）をクラスメイトの前でさらした。

なので授業がすべて終わり、ショートホームルームのあとの掃除は、人一倍気合を入れた。普段はほうきで軽く掃いてゴミ捨てをするだけだが、月一回の大掃除の日なので、モップで床をごしごし磨き、働き蟻みたいに机をせっせと元に戻した。教室を行ったり来たり、行ったり来たりしすぎて……体力のない彼女は息がすぐあがる。

廊下の窓際にいる男子が声をかけてきた。

「おーい、成島。三年生が呼んでっぞー」

成島はうっすらと汗ばんだ額を指先で拭《ぬぐ》い、顔を横に向ける。

片桐元部長が廊下から手招きしていた。中学時代から上下関係や規律が染みついている彼女は、廊下にいる彼の傍まですぐ駆けていった。自分が上級生という立場になったいま、なおさら強く意識している。

「先輩。なにかご用でしょうか」

片桐は腕時計を袖口《そでぐち》から出した。午後三時五十分。あと十分で部活がはじまる。

「成島は今日、どこで吹くんだ？」

彼女はいつも個人練習で使っている空き教室の番号をこたえた。

「すぐあとで寄るから」

「え」

「渡したいものがある。マレンに渡そうと思ったけど、生徒会に呼ばれたみたいでいなくなっちゃったんだよ」

部活運営費についてマレンはいくつか質問を投げ、その回答があることは聞いていた。「たぶん一時間もしないうちに戻ってくると思いますが……」

「こっちは受験生だからそんなに待てないんだよなあ。早く荷物減らしたいし」

「とにかくあとで」

いったいなんだろう。成島は小首を傾げた。

「荷物？」

成島は右手にオーボエとリードケース、左手に組み立てた譜面台と鉛筆、口にリードをくわえてカニ歩きで移動する。これも男子部員にはあまり見られたくない姿だ。

目指す空き教室の前で片桐が立っている。彼を待たせてしまったようだ。

「ほら」と、空き教室に入った片桐が机の上に置いたのは、新品のトランペットケースだった。

成島は腰を屈《かが》めて顔を近づける。「中身、入っていますか？」

「入っているぞ。理由《わけ》ありで手に入ったんだ。吹奏楽部に寄贈するよ」

「本当ですか」

「もう草壁先生には伝えてある。おまえら、新品欲しがってたろ？」

「手に入ったって……高いものじゃないんですか？」

「七万五千点」

成島は一拍間を置いてから顔を上げる。あやうく聞き流しそうになり、眉《まゆ》を顰《ひそ》めた。

「七万五千円じゃなくて？」

「本当に点だ」

「すみません。なにがなんだか」

「説明が難しい」片桐は頭を捻《ひね》って唇を突き出した。

「さっき、草壁先生には伝えてあるって」

「話を理解してもらえるまでに三十分以上かかった。けっこうな量でな、使い道に困った。俺の妹がベルマークをしこたま貯《た》めこんでいた。別に怪しいものじゃないよ。まあ、まわりに迷惑をかけたみたいだから、備品を方々に分配した」

「最初からもう一回」

「ほら、ほらっ。これをまともに説明できるのは演劇部くらいだぞっ」

片桐が両手で顔を覆うので、仔細《しさい》に追及するのはよそうと思った。

「ありがとうございます。みんな喜ぶと思います」

頭を下げてお礼をいう。彼は面映《おもは》ゆそうな表情をした。真顔に戻って「頑張れよ」と鞄《かばん》を肩に担いで帰ろうとしたので、「あの」と小声で引き留めた。

「なんだ？」

「片桐先輩はOBやOGに詳しいですか？」

「吹奏楽部のだな」

「はい」

「接点はほとんどないけど」彼は指で髪を触りながらこたえる。「手紙なら草壁先生と一緒にたくさん出したな」

そうだった。片桐と草壁先生は夏の三回の大会のたびに南高吹奏楽部のOBやOGに手書きの招待状を送っていたのだ（『ヴァルプルギスの夜』参照）。あの猛練習の最中に……。そのことは東海大会が終わってから知った。本当に、このひとには頭が下がる。

「二〇〇六年度の卒業生の名前は覚えていますか？」

「よく覚えているよ。ひとりしかいないから。望月樹《たつる》」

「え」

片桐は自信なげに首を捻《ひね》り、視線を宙に向ける。「あれ？　苗字が変わったかな。いまは兵藤《ひょうどう》だっけ」と黒板にチョークを使って漢字を書き示してくれる。

「……望月……兵藤樹……」

成島は名前を口にし、もう一度、今度は心の中で反芻《はんすう》した。

「手紙を送ったOBやOGから、中古の楽器が届いただろ？」

「は、はい」彼女はうなずく。譲り受けた楽器は、自分たちが手入れをした。

「半分近くが、兵藤さんがかき集めたものだ」

感嘆と驚きのないまぜになった声を成島は出す。「……そうだったんですか」

「東海大会のときは会場のどこかで聴いていたらしい」

成島は吸った息を吐けずにいた。そんな形で南高吹奏楽部とかかわり、離れて見守っていたなんて。彼女は感に堪えないように、「お会いしたかったです……」と唇を震わせた。

片桐は瞬《まばた》きをくり返して成島の顔をじっと見る。

「兵藤さんとなにかあったのか？」

話そうか迷い、説明する言葉を頭の中で組み立てはじめた。

その沈黙を彼は誤解した。

「話しにくい内容ならいいや」

「い、いえ」

踵《きびす》を返した片桐が肩越しにいう。

「礼状はもう書いた。成島が直接出したかったら昔の連絡網で確認しろよ」

「それが部室になかったんです」

「ああ、悪い、悪い。俺らが使ったまま返していないかもな。教頭先生が持っているんじゃないかな」

「教頭先生が？」

「手紙の発送は教頭先生も手伝ってくれたんだ。ＯＢやＯＧと連絡を取るにも、赴任したばかりの草壁先生よりは教頭先生のほうがいい。あれでも副顧問だしな」

今年の夏、汗をかいたのは自分たちが知る範囲の者だけではなかった。朝から晩までの練習を許してくれた家族の協力を含め、下支えしてくれたひとが大勢いたのだ。忸怩《じくじ》たる思いになる。

「……あとで聞いてみます」

「じゃあな」片桐は空き教室から出る直前に首をまわす。「来年のコンクールは会場で聴かせてもらうぜ」

「はい……」

成島はぺこりとおじぎして顔を上げた。彼が去った方向を見つめる。その目に力が籠《こ》もった。兵藤樹に手紙を送ろう。そう決めた。彼が残したノートによって、自分がどれだけ救われたか、伝えたい。まだ見ぬ後輩たちの道標《みちしるべ》になることも。

彼女は椅子に深々と腰を下ろし、音出しの準備をはじめた。

片桐とすれ違うように、廊下のほうからパタパタとスリッパを打ちつける音が迫ってくる。空き教室に飛びこんできたのは芹澤だった。全速力で走ってきたせいか、はあはあと呼吸を乱している。引き戸に手を添え、鋭い目であたりを見まわしていた。だれかを捜している様子だ。

「確かに……ここにいるって……聞いたのに……」

と、彼女は悔しそうにつぶやく。

「なにか用？」成島は椅子に座ったままたずねた。

か、かたぎ——と、いいかけた芹澤の口元がぎこちなく歪《ゆが》む。彼女の中で葛藤《かっとう》が生まれ、長い時間をかけて、なにかをゆっくりと呑《の》みこむ仕草を見せた。前髪の下から手を差し入れ、素早くかきあげる。いつものクールな表情に戻っていた。

「豚野郎はどこ行った？」

「知らないわよ」

芹澤はとぼとぼと戻っていった。もっと仲良くなりたいのに、こっちから追いかけたらすっと逃げちゃうような距離感を持つ彼女を、成島はもどかしい思いで眺めた。

5

午後七時半に部活が終了した。

今日はセクションごとの練習から合奏まで、休憩を一度もとらなかった。水分補給もトイレに行くのも個別に行い、最後まで緊張の空気をゆるめることなく集中できた。ほっとすると、にわかに空腹感に襲われる。閉め切った音楽室の窓の向こうは夜の闇に染まり、全員で楽器や譜面台の片付けをはじめた。

成島は椅子をたたみながら、みんなの様子を観察する。軋轢《あつれき》や衝突が生まれるほどの大所帯ではないが、飛び抜けた演奏技術と意識を持つ部員と、まだ追いついていない部員の差が大きすぎる。副部長になってから視界が広がるようになり、後者――主に後輩に対して、自分がどんなフォローをするべきか見えてきた。

全調スケールの練習に付き合ったトランペットの後輩が、高音を一回で決められずに涙ぐんでいる。克服するには愚直に地道に練習するしかない。中学時代の顧問の先生は、「プロ以外の奏者なら、高音は根性で出せ」と、こちらが戸惑う名言を残したが、間違った練習さえしなければ、確実に技能は伸びる。芹澤がちらちらと視線を送って気にしているので、彼女の意見ももらおうと思った。彼女は平易な言葉で音楽を解釈して教えるのが巧《うま》い。彼女のひと言で意外な展望が開ける可能性はある。やっぱり、彼女が入部してくれてよかった。

音楽室の戸締まりをした成島は職員室に向かう。

薄暗い校舎の廊下を歩き、階段を下りていく。

昇降口のほうから話し声が聞こえた。この時間帯になるとエコーがかかって、風呂《ふろ》場《ば》やトンネルの中で大声を出したときの反響とすこし似ている。草壁先生と部員たちがいる様子だ。

職員室の前に到着した。引き戸をノックしてから「失礼します」と開ける。中に入って首をまわして見ると、奥のほうで教頭先生が在席していた。年配になると地味なシャツに折り目の消えたズボンを穿《は》くような先生もいる中、いつも仕立てのよさそうなスーツに身を包んでいる。まわりとくらべて整理整頓《せいとん》された机の上で、湯のみのお茶を飲んでいた。

音楽室の鍵《かぎ》を戻した成島は、「教頭先生」と声をかける。

教頭先生はゆったりした動作で顔を上げ、

「成島か。おつかれさま」

と、ねぎらいの言葉をかけた。丁重な口調だった。

威儀を正した成島は、教頭先生のゴツゴツして骨ばった手に目をやり、ためらいがちに吹奏楽部の連絡網のことをたずねる。中古の楽器をたくさん寄贈してくれた兵藤さんに、お礼の手紙を出したいんです、と付け加えた。

「兵藤、兵藤……」

記憶を探るようにつぶやきながら、教頭先生は机の引き出しを開ける。

「望月かもしれません。二〇〇六年度の卒業生の望月樹さん」

教頭先生の目が見開いた。「望月樹か」

「は、はい」

怪訝《けげん》な顔で見返してきた。「手紙を送る？」

「え、ええ。そうしたいのですが……」

教頭先生は連絡網の束を取り出して成島に渡す。その際に彼はいった。

「手紙を送っても届かないよ」

「え」

「宛先《あてさき》不明で戻ってくるんだ。片桐がせっかく書いてくれた礼状は送れずにいる」

連絡網の束を受け取った成島は沈黙する。混乱を覚えた。

「え？　え？　どういうことでしょうか」

「宛先不明にも何種類かあってな」

と、教頭先生は椅子の背にもたれ、つづけて話してくれた。

「転居後一年以上経過した場合、住所が存在しない場合、別のひとが住んでる場合かな。彼の家はもう更地になっているようだ」

「待ってください」成島は思わず身を乗り出した。「それじゃあ、こちらから送った招待状は届かなかったんですか？」

「ああ。全部、宛先不明で学校に戻ってきた。こちらからの郵便は送れないが、一度だけ彼から葉書が届いたことがあったな。差出人の名前のみで、住所がなく、苗字が変わっていた。あれは母親の姓だ。彼のことはよく覚えている。きみたちの東海大会の出場を喜んでいたよ」

いったい、どういうことだろう……

つかのまの沈黙が漂い、成島は思案をめぐらす。

新聞で知ったのか。

もしくは、南高吹奏楽部の関係者と連絡が取れる立場にいたのか——


思い出したよ。

教頭先生はそういって、なにか忘れ物を取りに行くような素振りで学校の資料室に向かった。

成島は静かについていく。

資料室の引き戸の鍵を開けて、蛍光灯のスイッチを入れた。天井まで届く書架の前に教頭先生が立つ。

「樹の家は、この高校の生徒にはめずらしい音楽一家だったな。普通高校であぁいう生徒はなかなかいない。父親が都内の音楽大学の非常勤講師で、母親が県内の公立中学の音楽教師だ。いまの話で薄々わかると思うが、まあ、事情のある生徒だった」

教頭先生は二〇〇六年度の卒業アルバムを書架から抜いて、成島の前で開いて見せてくれた。そのページには合唱部の部員集合写真がある。グランドピアノの傍に立つ、ひとりの男子生徒を指さしていった。

「彼には申し訳ないことをした」

「……申し訳ない？」

「クラブ人員の規定は五人だ。彼が取った行動で吹奏楽部は廃部をまぬがれた。本来なら、吹奏楽部の写真を残すべきだった。残そうとしたが、教員の中で反対する者が多かった」

成島は合唱部の部員集合写真を凝視する。現在の吹奏楽部とアメ民のケースを思い出した。

「もしかして部員のバーターですか？」

緊急処置としての兼部だ。合唱部から幽霊部員を四人加えたことが想像できる。

「その通りだが、いまのきみたちとアメリカ民謡クラブの関係とは違う。当時の吹奏楽部員はひとりだ。活動はできないから、立場は非常に厳しい。加えて彼の場合、顧問にも恵まれなかった」

成島は顔を上げた。「……いったいどうやって？」

「当時の合唱部に、確かなピアノ演奏の腕前と、綺麗《きれい》な歌声を持つ女子生徒がいた。ピアノ伴奏者は彼女しかいなかった。彼女を合唱のソプラノパートにあげれば、レベルアップできることは目に見えていた」

成島は黙って聞き入る。音楽一家に生まれた……。はっきりしないが、予感はあった。

「樹が、合唱部のピアノ伴奏者になった。そうまでして彼はこの高校に吹奏楽部を残したかったんだろうな」

成島は、かたくつぐんだ口に手をあてた。まだ見ぬ後輩に託した彼の手記が脳裏によみがえる。のちの自分やマレンやカイユが身を寄せることになった居場所を、彼は守ってくれた。

「……教頭先生」

「なんだい」

「樹さんが卒業したあとのこと、その後のことは、なにかご存じですか？」

教頭先生はなにかいいかけ、卒業アルバムを閉じて元の場所に戻した。その背中がこたえる。

「いろいろあったな。数年前なら日本にいない」

母親姓、家が更地……

おそらく教頭先生は事情を知っているように思えた。生徒には一線を越えた話をしない。要職に就く教師の立場をわきまえている。そんな気がした。

ああ、そういえば、と教頭先生の声が届き、成島ははっと顔を上げる。

「教員の免許を取ったと噂で聞いたぞ。まだ音楽教師になれないそうだが」

「え。そうなんですか？」

「世界は広いようで狭い。いつ、どこで会えるかわからない」

すこし突き放した言葉から、もう自分の力で彼を追う手がかりが消えたことを知る。

「……はい」

教頭先生は脚立を使って書架の棚から段ボール箱をひとつ取り出した。それを床の上で開いてみせる。

「彼が置いていったものだよ」

高価そうな教材や楽典だった。タッファネル&ゴーベールの『完全なフルート奏法』が入っていたのでびっくりする。他にも書籍がたくさんあり、思わず息を吸いこんだ。

「……これ、いただいていいんですか？」

「もちろんだ。いままですっかり忘れていてすまなかったね。あとで私が音楽室に運ぼう。とりあえず今日は本を一冊持って帰るといい。これは彼がね、ページが擦り切れるまで読んで、みんなに薦めていた本なんだよ」

成島は両手で受け取る。

「きみたちは幸せだ。指揮棒を草壁先生にゆだねたあとのきみたちは、まるで魔法をかけられたようにがらりと変わる」

「……はい」

「ただ、いつか、覚悟してほしいことだが」

「え」

「草壁先生はここにいるべき人間じゃない」

成島はまぶたを深く閉じる。

「……はい」

教頭先生は腰の部分をとんとんと拳で叩《たた》きながら、資料室の窓際まで歩いていった。

「すまない。遅くまで付き合わせてしまったようだ」

そういって厚手のカーテンを開き、隙間から外の様子をのぞいた。

成島も近づいて首を伸ばす。

外は暗く、敷地内の常夜灯の丸い輪が正門までぼんやりとつづいている。正門の傍に自転車、そして、たたずむ四人のシルエットが浮かび上がっていた。

教頭先生は目を眇《すが》めて口を開く。

「あれはきみを待っているのか？」

〈ファイター〉の穂村。

〈シンカー〉の上条。

〈ビリーバー〉のカイユ。

〈コネクター〉のマレン。

こくりとうなずく〈リアリスト〉の成島は、笑顔を浮かべて、誇らしげにこたえた。

「……わたしにとって……最強の四人です……」

いつか、兵藤樹と連絡が取れる日がくるかもしれない。感謝の言葉を届けるためにも、正しく言葉を伝えるためにも、卒業まで悔いのない日々を送ろうと思った。彼女が持つ本の表紙が、夜の闇に吸いこまれそうな窓ガラスにうっすらと映る。本の著者は植村直己で、タイトルは『青春を山に賭《か》けて』だった。

本書執筆にあたり、以下の文献を参考・引用などに使わせていただいています。

サバイバーズ・クラブ　ベン・シャーウッド著　松本剛史訳　講談社インターナショナル
まるごとドラムの本　市川宇一郎　青弓社
音楽家をめざす人へ　青島広志　ちくまプリマー新書
ラッパ一本玉手箱　近藤等則　朝日新聞社
ベルマークのひみつ　高井ジロル　日本文芸社
サイエンス・ブック・トラベル　世界を見晴らす一〇〇冊　山本貴光編　河出書房新社
謎解き　少年少女世界の名作　長山靖生　新潮新書
耳の渚　池辺晋一郎　中央公論新社
動物と人間の世界認識　イリュージョンなしに世界は見えない　日髙敏隆　筑摩書房

文献の趣旨と本書の内容は別のものです。執筆にあたり、この他多くの書籍やインターネットのＨＰも参考にさせていただきました。なお作品世界に合わせて脚色していますので、作中に誤りが存在した場合、文責は全て作者にあります。

本書は書き下ろしです。

ひとり吹奏楽部《すいそうがくぶ》

ハルチカ番外篇《ばんがいへん》

初野《はつの》 晴《せい》

平成29年 2月25日　初版発行
令和6年 5月30日　4版発行

発行者●山下直久

発行●株式会社KADOKAWA
〒102-8177　東京都千代田区富士見2-13-3
電話　0570-002-301（ナビダイヤル）

角川文庫 19720

印刷所●株式会社KADOKAWA
製本所●株式会社KADOKAWA

表紙画●和田三造

●お問い合わせ
https://www.kadokawa.co.jp/（「お問い合わせ」へお進みください）
※内容によっては、お答えできない場合があります。
※サポートは日本国内のみとさせていただきます。
※Japanese text only

ISBN978-4-04-104000-3　C0193

角川文庫発刊に際して

角川源義

第二次世界大戦の敗北は、軍事力の敗北であった以上に、私たちの若い文化力の敗退であった。私たちの文化が戦争に対して如何に無力であり、単なるあだ花に過ぎなかったかを、私たちは身を以て体験し痛感した。西洋近代文化の摂取にとって、明治以後八十年の歳月は決して短かすぎたとは言えない。にもかかわらず、近代文化の伝統を確立し、自由な批判と柔軟な良識に富む文化層として自らを形成することに私たちは失敗して来た。そしてこれは、各層への文化の普及滲透を任務とする出版人の責任でもあった。

一九四五年以来、私たちは再び振出しに戻り、第一歩から踏み出すことを余儀なくされた。これは大きな不幸ではあるが、反面、これまでの混沌・未熟・歪曲の中にあった我が国の文化に秩序と確たる基礎を齎らすためには絶好の機会でもある。角川書店は、このような祖国の文化的危機にあたり、微力をも顧みず再建の礎石たるべき抱負と決意とをもって出発したが、ここに創立以来の念願を果すべく角川文庫を発刊する。これまで刊行されたあらゆる全集叢書文庫類の長所と短所とを検討し、古今東西の不朽の典籍を、良心的編集のもとに、廉価に、そして書架にふさわしい美本として、多くのひとびとに提供しようとする。しかし私たちは徒らに百科全書的な知識のジレッタントを作ることを目的とせず、あくまで祖国の文化に秩序と再建への道を示し、この文庫を角川書店の栄ある事業として、今後永久に継続発展せしめ、学芸と教養との殿堂として大成せんことを期したい。多くの読書子の愛情ある忠言と支持とによって、この希望と抱負とを完遂せしめられんことを願う。

一九四九年五月三日

角川文庫ベストセラー

殺人鬼 ——覚醒篇　綾辻行人90年代のある夏、双葉山に集った〈TCメンバーズ〉の一行は、突如出現した殺人鬼により、一人、また一人と惨殺されてゆく……いつ果てるとも知れない地獄の饗宴。その奥底に仕込まれた驚愕の仕掛けとは？

殺人鬼 ——逆襲篇　綾辻行人伝説の『殺人鬼』ふたたび！……蘇った殺戮の化身は山を降り、麓の街へ。いっそう凄惨さを増した地獄の饗宴にただ一人立ち向かうのは、ある「能力」を持った少年・真実哉！……はたして対決の行方は?!

Another (上)(下)　綾辻行人1998年春、夜見山北中学に転校してきた榊原恒一は、何かに怯えているようなクラスの空気に違和感を覚える。そして起こり始める、恐るべき死の連鎖！名手・綾辻行人の新たな代表作となった本格ホラー。

霧越邸殺人事件〈完全改訂版〉(上)　綾辻行人信州の山中に建つ謎の洋館「霧越邸」。訪れた劇団「暗色天幕」の一行を迎える怪しい住人たち。邸内で発生する不可思議な現象の数々…。閉ざされた〝吹雪の山荘〟でやがて、美しき連続殺人劇の幕が上がる！

深泥丘奇談《みどろがおかきだん》　綾辻行人ミステリ作家の「私」が住む〝もうひとつの京都〟。その裏側に潜む秘密めいたものたち。古い病室の壁に、長びく雨の日に、送り火の夜に……魅惑的な怪異の数々が日常を侵蝕し、見慣れた風景を一変させる。

角川文庫ベストセラー

ジュリエットの悲鳴　有栖川有栖

人気絶頂のロックシンガーの一曲に、女性の悲鳴が混じっているという不気味な噂。その悲鳴には切ない恋の物語が隠されていた。表題作のほか、日常の周辺に潜む暗闇、人間の危うさを描く名作を所収。

暗い宿　有栖川有栖

廃業が決まった取り壊し直前の民宿、南の島の極楽めいたリゾートホテル、冬の温泉旅館、都心のシティホテル……様々な宿で起こる難事件に、おなじみ火村・有栖川コンビが挑む！

壁抜け男の謎　有栖川有栖

犯人当て小説から近未来小説、敬愛する作家へのオマージュから本格パズラー、そして官能的な物語まで。有栖川有栖の魅力を余すところなく満載した傑作短編集。

赤い月、廃駅の上に　有栖川有栖

廃線跡、捨てられた駅舎。赤い月の夜、異形のモノたちが動き出す――。鉄道は、私たちを目的地に運ぶだけでなく、異界を垣間見せ、連れ去っていく。震えるほど恐ろしく、時にじんわり心に沁みる著者初の怪談集！

小説乃湯
お風呂小説アンソロジー　有栖川有栖

古今東西、お風呂や温泉にまつわる傑作短編を集めました。一入浴につき一話分。お風呂のお供にぜひどうぞ。熱読しすぎて湯あたり注意！　お風呂小説のすばらしさについて熱く語る!?編者特別あとがきつき。

角川文庫ベストセラー

角川文庫ベストセラー

カブキブ！3　榎田ユウリ

大舞台である文化祭を無事終えた、カブキブの面々。部活メンバー同士の絆も深まる中、4月の新入生歓迎会で、短い芝居をすることに！　演目は「白浪五人男」。果たして舞台は上手くいくのか!?

GOTH　夜の章・僕の章　乙一

連続殺人犯の日記帳を拾った森野夜は、未発見の死体を見物に行こうと「僕」を誘う……人間の残酷な面を覗きたがる者〈GOTH〉を描き本格ミステリ大賞に輝いた乙一の出世作。「夜」を巡る短篇3作を収録。

失はれる物語　乙一

事故で全身不随となり、触覚以外の感覚を失った私。ピアニストである妻は私の腕を鍵盤代わりに「演奏」を続ける。絶望の果てに私が下した選択とは？　珠玉6作品に加え「ボクの賢いパンツくん」を初収録。

GOTH《ゴス》番外篇　森野は記念写真を撮りに行くの巻　乙一

山奥の連続殺人事件の死体遺棄現場に佇む男。内なる衝動を抑えられず懊悩する彼は、自分を死体に見たてて写真を撮ってくれと頼む不思議な少女に出会う。GOTH少女・森野夜の知られざるもう一つの事件。

鬼談百景　小野不由美

旧校舎の増える階段、開かずの放送室、塀の上の透明猫……日常が非日常に変わる瞬間を描いた99話。恐ろしくも不思議で悲しく優しい。小野不由美が初めて手掛けた百物語。読み終えたとき怪異が発動する——。

角川文庫ベストセラー

雪月花黙示録　恩田　陸

私たちの住む悠久のミヤコを何者かが狙っている……！　謎×学園×ハイパーアクション。恩田陸の魅力全開、ゴシック・ジャパンで展開する『夢違』『夜のピクニック』以上の玉手箱!!

赤×ピンク　桜庭一樹

深夜の六本木、廃校となった小学校で夜毎繰り広げられる非合法ファイト。闘士はどこか壊れた、でも純粋な少女たち――都会の異空間に迷い込んだ彼女たちのサバイバルと愛を描く、桜庭一樹、伝説の初期傑作。

推定少女　桜庭一樹

あんまりがんばらずに、生きていきたいなぁ、と思っていた巣籠カナと、自称「宇宙人」の少女・白雪の逃避行がはじまった――桜庭一樹ブレイク前夜の傑作、幻のエンディング3パターンもすべて収録!!

砂糖菓子の弾丸は撃ちぬけない　A Lollypop or A Bullet　桜庭一樹

ある午後、あたしはひたすら山を登っていた。そこにあるはずの、あってほしくない「あるもの」に出逢うために――子供という絶望の季節を生き延びようとあがく魂を描く、直木賞作家の初期傑作。

少女七竈と七人の可愛そうな大人　桜庭一樹

いんらんの母から生まれた少女、七竈は自らの美しさを呪い、鉄道模型と幼馴染みの雪風だけを友に、孤高の日々をおくるが――。直木賞作家のブレイクポイントとなった、こよなくせつない青春小説。

角川文庫ベストセラー

道徳という名の少年　桜庭一樹

愛するその「手」に抱かれてわたしは天国を見る――エロスと魔法と音楽に溢れたファンタジック連作集。榎本正樹によるインタヴュー集大成「桜庭一樹クロニクル２００６―２０１２」も同時収録!!

無花果《いちじく》とムーン　桜庭一樹

無花果町に住む18歳の少女・月夜。ある日大好きな兄が目の前で死んでしまった。月夜はその後も兄の気配を感じるが、周りは信じない。そんな中、街を訪れた流れ者の少年・密は兄と同じ顔をしていて……!?

ＧＯＳＩＣＫ―ゴシック― 全９巻　桜庭一樹

20世紀初頭、ヨーロッパの小国ソヴュール。東洋の島国から留学してきた久城一弥と、超頭脳の美少女ヴィクトリカのコンビが不思議な事件に挑む――キュートでダークなミステリ・シリーズ!!

ＧＯＳＩＣＫｓ―ゴシックエス― 全４巻　桜庭一樹

ヨーロッパの小国ソヴュールに留学してきた少年、一弥は新しい環境に馴染めず、孤独な日々を過ごしていたが、ある事件が彼を不思議な少女と結びつける――名探偵コンビの日常を描く外伝シリーズ。

生首に聞いてみろ　法月綸太郎

彫刻家・川島伊作が病死した。彼が倒れる直前に完成させた愛娘の江知佳をモデルにした石膏像の首が切り取られ、持ち去られてしまう。江知佳の身を案じた叔父の川島敦志は、法月綸太郎に調査を依頼するが。

角川文庫ベストセラー

ノックス・マシン　法月綸太郎

上海大学のユアンは、国家科学技術局から召喚の連絡を受けた。「ノックスの十戒」をテーマにした彼の論文で確認したいことがあるというのだ。科学技術局に出向くと、そこで予想外の提案を持ちかけられる。

パズル崩壊
WHODUNIT SURVIVAL 1992-95　法月綸太郎

女の上半身と男の下半身が合体した遺体が発見された。残りの体と密室トリックの謎に迫る（「重ねて二つ」）。現金強奪事件を起こした犯人が陥った盲点とは？（「懐中電灯」）全8編を収めた珠玉の短編集。

氷菓　米澤穂信

「何事にも積極的に関わらない」がモットーの折木奉太郎だったが、古典部の仲間に依頼され、日常に潜む不思議な謎を次々と解き明かしていくことに。角川学園小説大賞出身、期待の俊英、清冽なデビュー作！

愚者のエンドロール　米澤穂信

先輩に呼び出され、奉太郎は文化祭に出展する自主制作映画を見せられる。廃屋で起きたショッキングな殺人シーンで途切れたその映像に隠された真意とは!?大人気青春ミステリ、〈古典部〉シリーズ第2弾！

クドリャフカの順番　米澤穂信

文化祭で奇妙な連続盗難事件が発生。盗まれたものは碁石、タロットカード、水鉄砲。古典部の知名度を上げようと盛り上がる仲間達に後押しされて、奉太郎はこの謎に挑むはめに。〈古典部〉シリーズ第3弾！